JEAN ROBA

Ptyś i Bill

PAMIĘTNIKI BILLA

Scenariusz i rysunki: JEAN ROBA

Kolory: Studio LEONARDO

Tytuły oryginałów: *Boule & Bill*: 17. *Ce coquin de cocker*; 18. *Carnet de Bill*; 19. *Ras le Bill*
Serię *Boule & Bill* stworzył Jean Roba
Scenariusz i rysunki: Jean Roba
Kolory: Studio Leonardo
Przekład z języka francuskiego: Maria Mosiewicz
Klub Świata Komiksu – album 1898
Redaktor serii: Katarzyna Gwiazda
Redakcja tomu: Artur Szrejter
Koordynacja produkcji: Irena Ukleja
DTP: www.pagegraph.pl
Wydawnictwo Egmont Polska Sp. z o.o.
ul. Dzielna 60, 01-029 Warszawa
tel.: 22 838 41 00, e-mail: ksk@egmont.pl
ISBN 978-83-281-9646-9
Druk i oprawa: EDICA, Poznań

JEAN ROBA

Ptyś i Bill

CZARUJĄCY SPANIEL

PIOTREK

Od zawsze kumpluje się z Ptysiem. Ma charakterystyczną grzywkę i prawie nie rozstaje się ze swoją czapką. Świetny towarzysz zabaw.

PTYŚ

Wesoły figlarz. Niezbyt pracowity, za to wyjątkowo sprytny. Cały wolny czas spędza w towarzystwie najlepszych przyjaciół, z Billem na czele!

BILL

Spaniel. Prawdziwy łobuziak i blagier, ale jest przy tym uroczy i zabawny. Czasem próbuje uniknąć kąpieli, ale zawsze czyni to z ciężkim sercem!

KAROLINA

Odważna, zabawna, szczodra i czuła, jednak czasem obrażalska. Karo uwielbia swoich dwóch najlepszych przyjaciół, Ptysia i Billa.

KRET!!!
LUBIĘ ZWIERZĘTA, ALE TYM RAZEM TO JUŻ PRZESADA! ZABIORĘ SIĘ ZA NIEGO NA SERIO!
NAPRAWDĘ SIĘ WŚCIEKŁ!
CO, IDZIE PAN PO GRANAT? NAPALM? BOMBĘ ATOMOWĄ? CHA, CHA, CHA!
NIE MA PAN TRAWNIKA, TYLKO SZWAJCARSKI SER! CHA, CHA, CHA!
O, PANI SĄSIADKA!
TO JUŻ NIE OGRÓDEK, A KRETOWISKO! CHA, CHA, CHA!
POWINIEN PAN ZAJĄĆ SIĘ HODOWLĄ KRETÓW, CHE, CHE, CHE!
TERAZ, PTYSIU! ODKRĘĆ NA MAKSA!
KAROLINO, TY SIĘ NA TYM ZNASZ...
POWIEDZ, JAK DŁUGIE MOGĄ BYĆ KORYTARZE KRETÓW?
CÓŻ, TO ZALEŻY OD KRETA...
SZUST!
?
TEN BYŁ DŁUGI!

DOMOWY TESTER

MYCIE SAMOCHODU

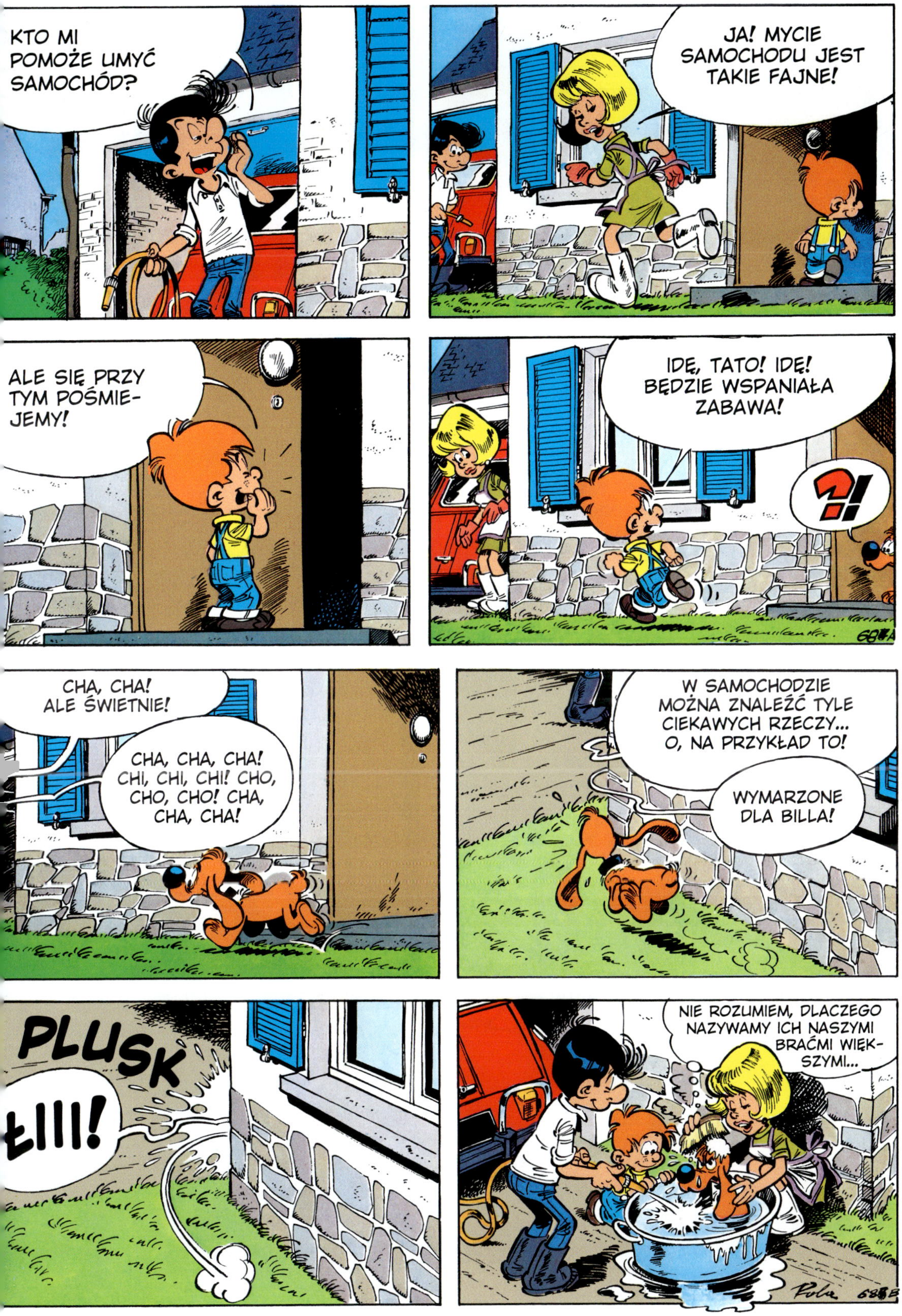

PTYŚ NA BALU

CO JEST?! NIE SIEDŹ TAK BEZ SENSU W KĄCIE! ZATAŃCZ!
CHYBA MI NIE POWIESZ, ŻE NIE MASZ ODWAGI ZAPROSIĆ ŻADNEJ DZIEWCZYNY DO TAŃCA?
WŁAŚ-NIE!
TO NIC TRUDNEGO. PODCHODZISZ I MÓWISZ: „CHCIAŁBYM Z TOBĄ ZATAŃCZYĆ. MASZ OCHOTĘ?". I OPOWIADASZ MNÓSTWO ZABAWNYCH HISTO-RYJEK.
ARGL!
POKAŻĘ CI, JAK TO SIĘ ROBI! JEŚLI NAWET WTEDY SIĘ NIE ODWAŻYSZ, BĘDZIESZ KRÓLEM FAJTŁAP!
TO MUSIAŁO ZABOLEĆ!
ALE ON UMIE MNIE WKURZAĆ!
I CO, WIDZIAŁEŚ? ZROBISZ TO TERAZ CZY NIE?
CHE, CHE! TRZEBA PRZYZNAĆ, ŻE JEST NAPRAWDĘ NIEZŁY!
OK, WSZYSTKO JASNE! NAPRAWDĘ JESTEŚ...
...FAJTŁAPĄ!
STRANGERS IN THE NIGHT! TRALALA... WOLAŁBYM FOKSTERIERTROTA, ALE TRUDNO...
?

..I PO ZĘBIE!

!
AAAAA!
MAMO!
MAMO!
685 A
BUUU!
NIECH TO CZŁOWIEK KOPNIE! PTYŚ JEST W NIEBEZPIECZEŃSTWIE!
BAM!
WYTRZYMAJ! BIEGNĘ!
RUSZAŁ MI SIĘ ZĄB... ALE JUŻ PO SPRAWIE!
??
685 B

ZROZUMIENIE DLA ŚPIOCHA

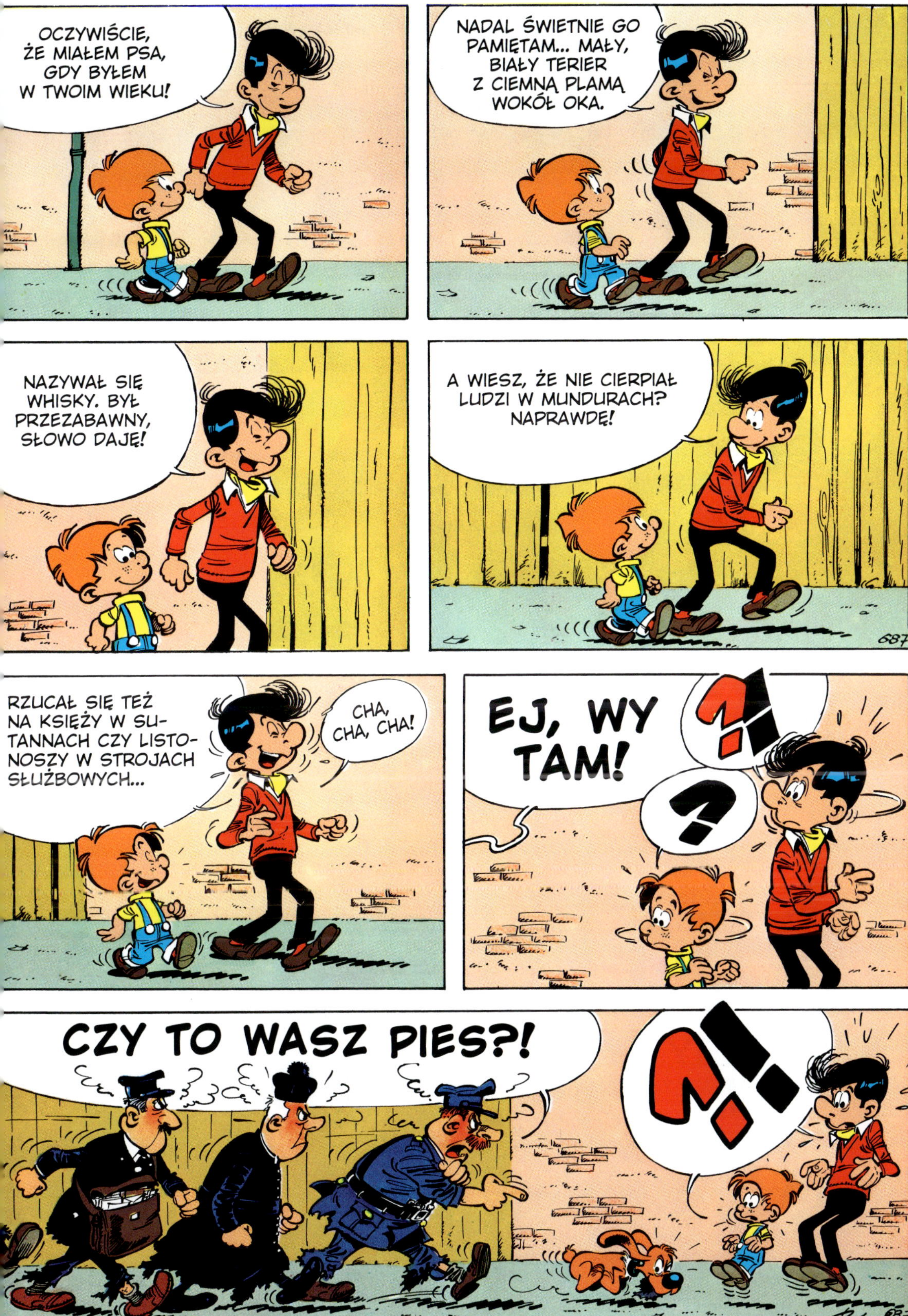
OCZYWIŚCIE, ŻE MIAŁEM PSA, GDY BYŁEM W TWOIM WIEKU!
NADAL ŚWIETNIE GO PAMIĘTAM... MAŁY, BIAŁY TERIER Z CIEMNĄ PLAMĄ WOKÓŁ OKA.
NAZYWAŁ SIĘ WHISKY. BYŁ PRZEZABAWNY, SŁOWO DAJĘ!
A WIESZ, ŻE NIE CIERPIAŁ LUDZI W MUNDURACH? NAPRAWDĘ!
687 A
RZUCAŁ SIĘ TEŻ NA KSIĘŻY W SUTANNACH CZY LISTONOSZY W STROJACH SŁUŻBOWYCH...
CHA, CHA, CHA!
EJ, WY TAM!
?!
?
CZY TO WASZ PIES?!
?!
687 B

DOMOWA STACJA METEO

O, CZYTASZ PRZYGODY MYSZKI MIKI? TO PRZYJEMNIEJSZE OD ODRABIANIA PRACY DOMOWEJ, CO? CHA, CHA, CHA! NIEMOŻLIWY JESTEŚ, CHŁOPCZE!
OHO, A PIES JAKI ZMĘCZONY! BIEDACTWO... CHA, CHA, CHA!
CHRRR
SZYBKO! ZARAZ SIĘ ZACZNIE NASZ KOLEJNY MECZ W MISTRZOSTWACH EUROPY! WIEM, ŻE WYGRAMY!
KLIK!
Druga połowa...
OJEJ... DRUŻYNA PRZECIWNIKA MA CORAZ WIĘKSZA PRZEWAGĘ... NAM WYSTARCZY REMIS, ALE CZY ZDOŁAMY GO UTRZYMAĆ?!
OOOCH! NA KILKA SEKUND PRZED KOŃCEM MECZU SĘDZIA ODGWIZDAŁ KARNEGO PRZECIWKO NAM! NIESŁYCHANE, PANIE I PANOWIE!
NIEEE!
UWAGA, GRACZ BIERZE ROZBIEG... STRZELA! GOL! I KONIEC MECZU... ZOSTALIŚMY WYELIMINOWANI Z MISTRZOSTW! CO ZA NIESZCZĘŚCIE! ALE PECH!
BUHUHU! ŁAAA!
SĘDZIA
KLIK
KIEDY WRESZCIE PRZESTANIECIE SIĘ OBIJAĆ?! PTYSIU, NATYCHMIAST DO PRACY DOMOWEJ!
WIDZIAŁEŚ KIEDYŚ, ŻEBYM JA CZYTAŁ KOMIKSY?!

NATURALNA KIESZEŃ

KOLT, MYCIE I SPATKI

WYPRZEDAŻ RZECZY ZNALEZIONYCH

JAK TAM, INDIANIE?
NIEDOBRZE! WCIĄŻ NIE RADZIMY SOBIE Z NAMIOTEM...
TATO, MÓGŁBYŚ NAM POMÓC?
O NIE! NIE MA MOWY, CHŁOPCY!
CZEKAM NA MOJEGO DYREKTORA I WAŻNEGO AMERYKAŃSKIEGO KLIENTA. ZARAZ POWINNI SIĘ ZJAWIĆ.
PROSIMY CIĘ, TATO...
NIE! I NIE NACISKAJ...
BUHUHU!
693A
NO DOBRZE, DOBRZE... CO JEST NIE TAK Z TYM NAMIOTEM?
ZDOŁALIŚMY GO ROZŁOŻYĆ, ALE NIE MOŻEMY ZAMKNĄĆ...
NA PEWNO ZNAJDĘ NA TO SPOSÓB. WYSTARCZY DOBRZE PONAPINAĆ WSZYSTKIE ŚCIANKI...
WIEM, JAK GO ZAMKNĄĆ!
ZIUUU
EJ!
KOCHANIE, MASZ GOŚCI!
HELLO, I'M HOWARD HOWGH. YOUR TEPEE IS A PITY!
693B

OCH, WIDZIAŁEŚ, JAK NISKO PRZELECIAŁA?
TO ZNAK, ŻE BĘDZIE PADAĆ.
PIIIII
PIIIII
ALE PRZECIEŻ NIEBO JEST BŁĘKITNE!
PIIIII
CO SIĘ DZIEJE?!
TO ZNAK, ŻE BĘDZIE... STRASZNIE PADAĆ!
JEŚLI CHODZI O PADANIE, TO...
AAACH!
WRRRAORRRR
PADNIJ!
POMYSŁ: CAUVIN

PTYSIU, MUSZĘ WYJŚĆ NA GODZINĘ. JEŚLI ZADZWONI TELEFON, ODBIERZ.
!
!
DRRRYŃ
NO CO? ODBIERZ!
DRRRYŃ
DRRRYŃ
KLAK!
695A
BLA, BLA, BLA, BLA...
KLAK!
KTO DZWONIŁ?
SIORB
GUL
SIORB
AHA, DOBRA.
PÓŹ-NIEJ...
CZY KTOŚ DZWONIŁ?
TAK, HYDRAULIK. POWIEDZIAŁ, ŻE O PIĘTNA-STEJ PRZYJDZIE NAPRAWIĆ PRZECIEK.
695B
POMYSŁ: CAUVIN

PIERWSZA POMOC

DADA DIDI DADA...
HOP!
STUK!
I SIUP!
CZEŚĆ, KOCHANIE. WSZYSTKO GRA?
CHE, CHE! TAK, TAK...
BOŻE, KOCHANIE, WYGLĄDASZ NA WYKOŃCZONEGO...
CHE, CHE, CHE!
MIAŁEŚ CIĘŻKI DZIEŃ W BIURZE?
O TAAAK... CHI, CHI, CHI...
NIUCH! NIUCH!
BŁEEEAGH!
KOCHANIE!!! POSZEDŁEŚ Z KOLEGAMI NA DRINKA, CO?!
ZDRAJCA!
CHI, CHI, CHI!

OPSOKRAJOWCY

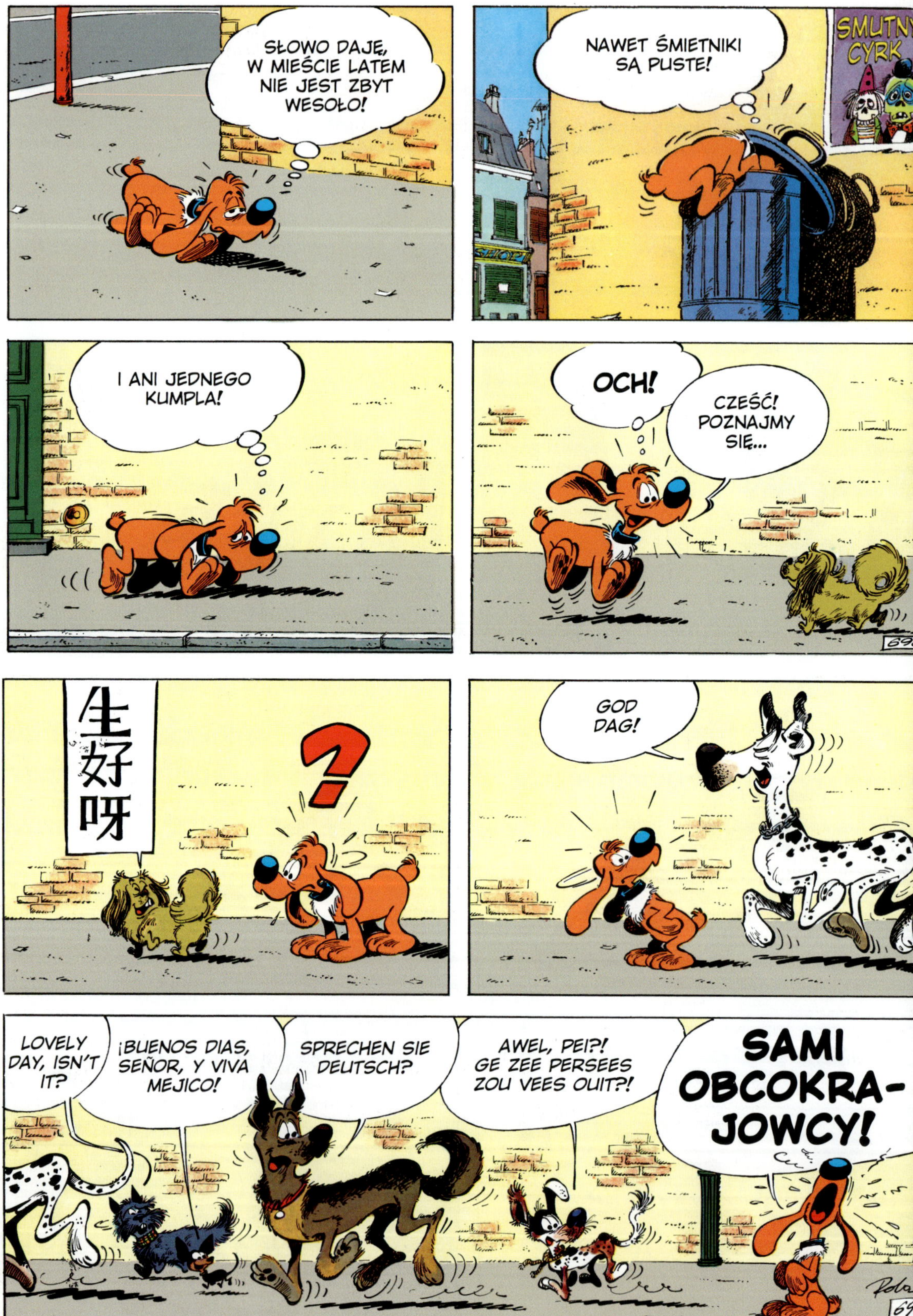

KONSEKWENCJE UŻYWANIA WAGI

ZBIERACZ

BILL! CHODŹ TO ZOBACZYĆ!
POSPIESZ SIĘ, BO PRZEGAPISZ WYŚCIG!
CO TAM ROBISZ? NIE WIDZIAŁEŚ DZIWNEGO WYŚCIGU! MAMY NIEZŁĄ ZABAWĘ, ODKĄD W OKOLICY POWSTAŁO CENTRUM SPORTU, NIE?

DING DONG
O, KTO MÓGŁ PRZYJŚĆ O TEJ PORZE?
HAU! ŁAF!
CZEŚĆ!
OJEJ, MAURYCY! A TO DOPIERO NIESPODZIANKA!
HAU! ŁAF!
STRASZNIE DAWNO SIĘ NIE WIDZIELIŚMY!
UCH! OD LICEUM... JAK WIDAĆ, WCIĄŻ JESTEŚ W FORMIE...
ŁUP!
SPÓJRZ, STARY... MAM KALORYFER JAK MALOWANY!
CO RANO ROBIĘ PIĘĆDZIESIĄT POMPEK. NIE MA NIC LEPSZEGO NA MIĘŚNIE NIŻ POMPKI NA DWÓCH PALCACH! PRÓBOWAŁEŚ?
O TAK!
I CO?
I ZŁAMAŁEM ZĄB...
CO?
CHA, CHA! ZŁAMAĆ SOBIE ZĄB PODCZAS ĆWICZEŃ! JA CI POKAŻĘ, JAK NALEŻY ROBIĆ POMPKI!
OJ, NIE RADZĘ!
UWIERZ MI, ŻE NIE POWINIENEŚ...
UCISZ SIĘ I PATRZ! OPIERAM SIĘ WYGODNIE NA RĘKACH...
...ZGINAM RAMIONA...
OSTRZEGAŁEM!
TRACH!
JAK MOŻNA TAK ZNIENACKA... TO NIE FAIR!
MAURYCY, WRACAJ! NIE SKOŃCZYŁEŚ WHISKY!
JUŻ NIE CHCE SIĘ BAWIĆ?

ŚWINKA W OGRÓDKU

CZYJA WINA?

NA DESER MAM JABŁKO, A TY?
JA MAM PRAWDZIWĄ UCZTĘ.
COŚ, CO LUBIĘ NAJBARDZIEJ NA ŚWIECIE!
CO?!
OJEJ! O NIE!
?
ZABRAŁEŚ MI TO!
JA?
703A
OSZALAŁEŚ?! PRZESTAŃ!
TAK! ZABRAŁEŚ!
TO NIE JA!
TY!
TAK, TY!
NIE JA!
HEP!
?
?
A CO MIAŁEŚ NA DESER?
CZEKOLADKI Z LIKIEREM!
HEP!
703B
Roba

CAŁA NAPRZÓD!

POMYŁKA

?!
BILL, CHODŹ TU NATYCHMIAST!
CO TO MA ZNACZYĆ?!
TO NIE DO POMYŚLE-NIA!
705 A
MARSZ NA SWO-JE POSŁANIE, WSTRĘCIU-CHU!
NIE CHCĘ CIĘ TU WIDZIEĆ!
KOCHANIE, SKORO JESTEŚ W PRZED-POKOJU, CZY MÓGŁBYŚ...
...WYTRZEĆ KAŁUŻĘ WODY W MIEJSCU, GDZIE POSTAWIŁAM PARASOL?
SŁUCHAJ, BILL, CHCIAŁEM CI POWIEDZIEĆ...
NIE CHCĘ CIĘ WIDZIEĆ ANI SŁY-SZEĆ!
705 B

KOŁO RATUNKOWE

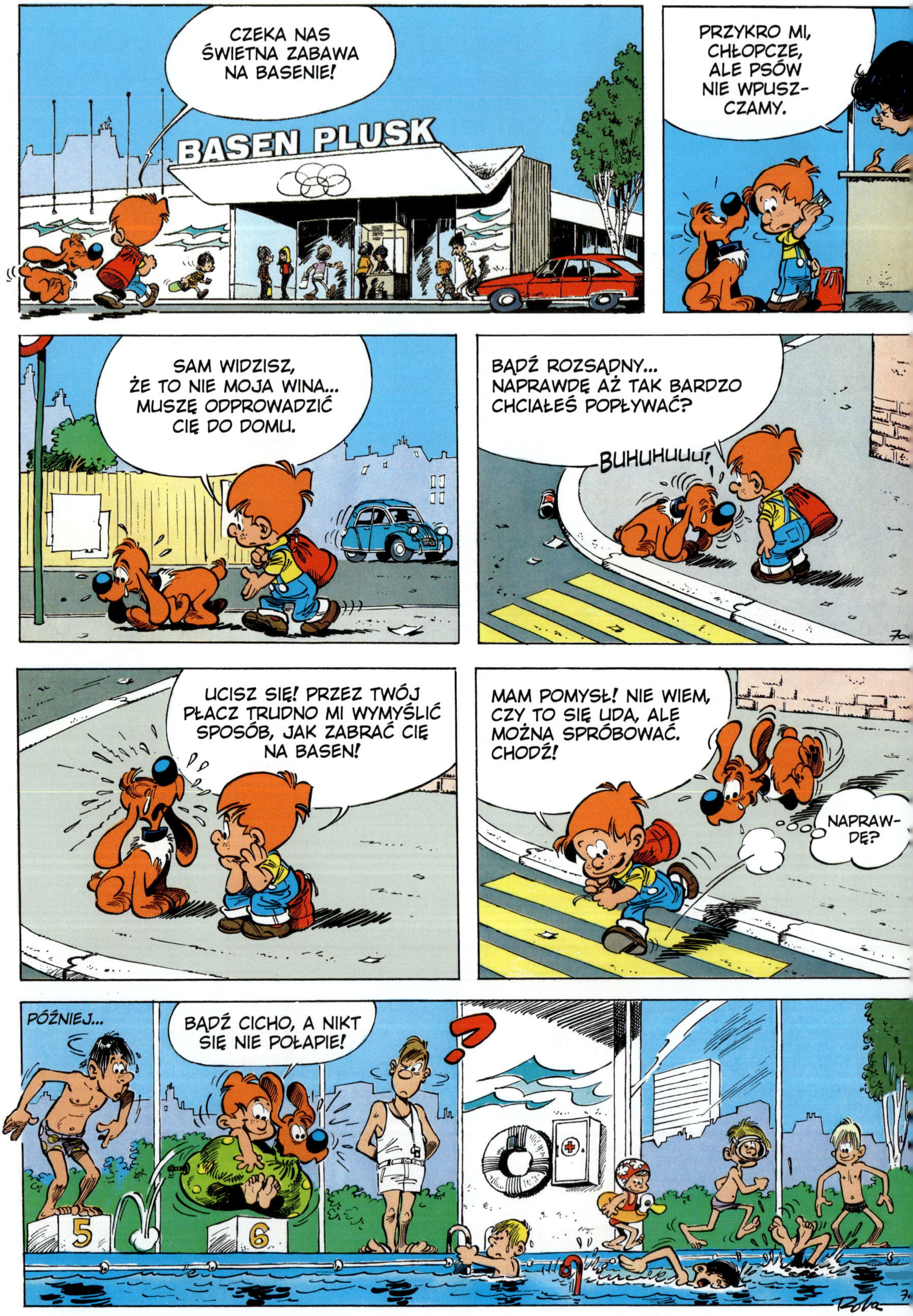

DO DIASKA! GDZIE ZNOWU PODZIAŁA SIĘ MOJA FAJKA?!
DZIECI, CZY PRZYPADKIEM NIE...
!!!
CO WAM PRZYSZŁO DO GŁOWY, ŻEBY ZABRAĆ MOJĄ FAJKĘ...
...I PALIĆ TYTOŃ?!
TRZEBA PRZYZNAĆ, ŻE TE MAŁE NICPONIE...
...POTRAFIĄ CAŁKIEM DOBRZE NABIĆ FAJKĘ!
PUF
PUF
PUF
EK!
HEP!
SKORO TO NIE BYŁ TYTOŃ, CZYM NABILIŚCIE FAJKĘ?! PROSZĘ, WYPIJCIE TO...
MY NAPCHAĆ DO FAJKI STARĄ MIESZANKĘ SIUKSÓW...
BŁE!
MY UŻYĆ SKRZYPU, POKRZYWY, MLECZU, RZEPÓW OSTU, TYMIANKU, LIŚCI LAUROWYCH I PAPRYCZKI CHILI.
HOWGH! BŁE!

CHRRR
PLASK!
KAROLINA?! CO TY WYPRAWIASZ?!
NIE WOLNO TAK STRASZYĆ LUDZI! IDŹ SIĘ BAWIĆ!
PIĘĆ MINUT PÓŹNIEJ...
KOCHANIE, CHODŹ ZJEŚĆ KAWAŁEK CIASTA!
?!
!
CHLUP!
KAROLINO, DOŚĆ TEGO! CZEMU DZISIAJ TAK SIĘ ZACHOWUJESZ?!
BIEDNA KAROLINO, NIE SĄDZISZ, ŻE POWINNAŚ DAĆ SOBIE Z TYM SPOKÓJ?
NIE. JEŚLI MOŻNA, CHCĘ JESZCZE RAZ SPRÓBOWAĆ.
ZNOWU SIĘ NIE UDAŁO!
JAK DZIECI TO ROBIĄ, ŻE NIE SPADAJĄ Z HUŚTAWKI?!

ECH...
WŁAŚ-NIE...
ALE NUDA...
DLACZEGO WIECZORAMI PUSZCZAJĄ NIECIEKAWE PROGRAMY? IDĘ SPAĆ. NIE ZAPOMNIJCIE PÓŹNIEJ WYŁĄCZYĆ.
TATA MA RACJĘ. JA TEŻ SIĘ POŁOŻĘ. JESTEM BARDZO ŚPIĄCA I ZMĘCZONA...
PAMIĘTAJCIE, ŻEBY WYŁĄCZYĆ.
EEECH... NUDY NA PUDY...
RÓB, CO CHCESZ, JA IDĘ SPAĆ.
PAMIĘTAJ, ŻE MASZ WYŁĄCZYĆ.
...ALE SZCZEGÓŁOWE BADANIA IZOTOPU WĘGLA C14 UJAWNIŁY COŚ NIEZWYKŁEGO: KOŚĆ UDOWA TEGO STEGOZAURA JEST WCZEŚNIEJSZA O MILION LAT OD JEGO KOŚCI PISZCZELOWEJ!

PROBLEM NIE TYLKO LUDZKI

?
HAU! HAUUU!
HAU! HAUUU!
?
HAU! HAUUU!
?
HAU! HAUUU!
?
?
HAU! HAUUU!
?
TAXI
G7
HAU! HAUUU!
HAU! HAUUU!*
?
?
ZAWSZE SIĘ ZASTANAWIAŁEM, DLACZEGO PSY CZASEM SZCZEKAJĄ BEZ ŻADNEGO POWODU?
* WSZYSCY LUDZIE SĄ BEZNADZIEJNI!

ZAGINIONY PIES

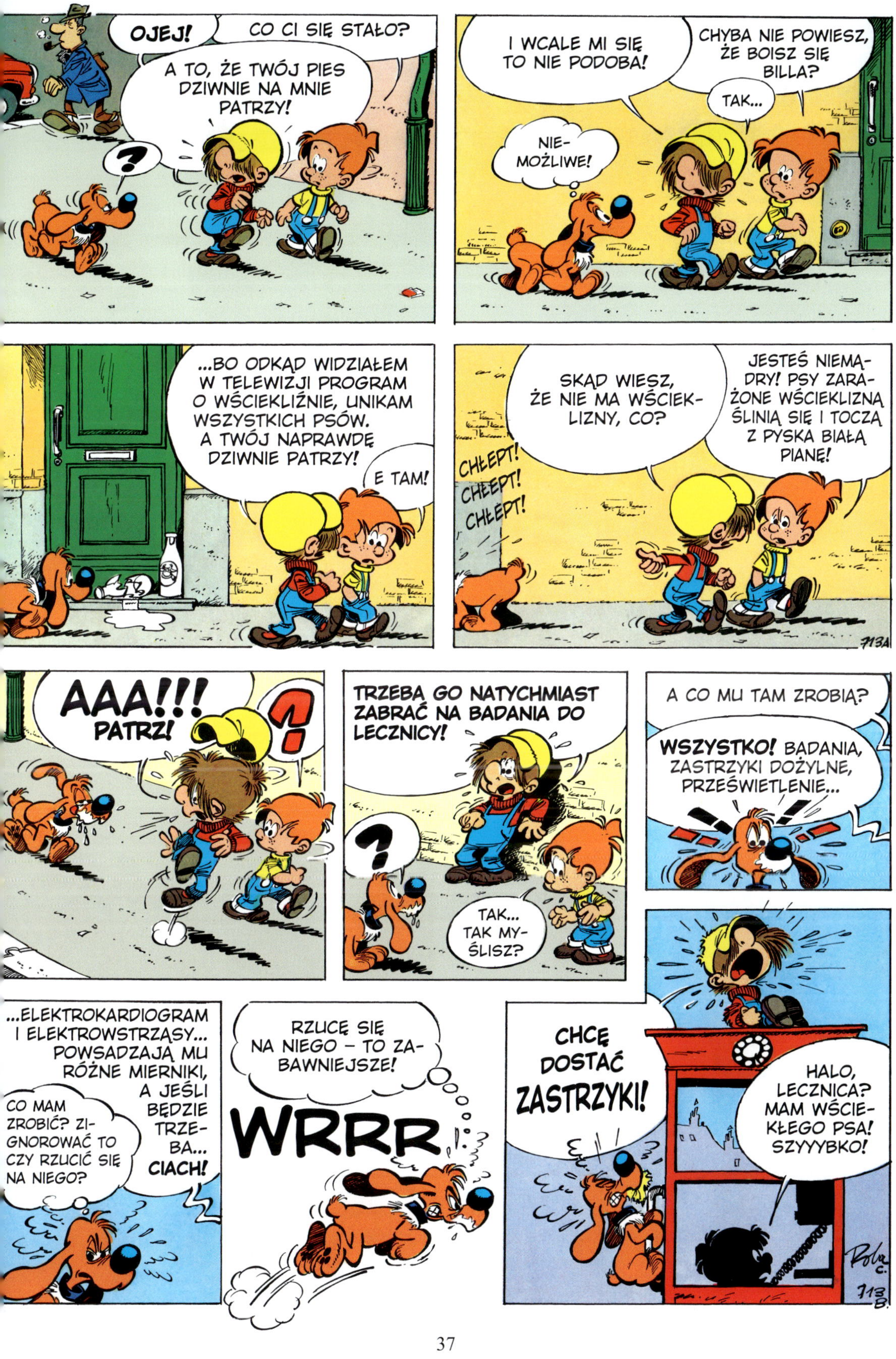
OJEJ!
CO CI SIĘ STAŁO?
A TO, ŻE TWÓJ PIES DZIWNIE NA MNIE PATRZY!
?
I WCALE MI SIĘ TO NIE PODOBA!
CHYBA NIE POWIESZ, ŻE BOISZ SIĘ BILLA?
TAK...
NIE-MOŻLIWE!
...BO ODKĄD WIDZIAŁEM W TELEWIZJI PROGRAM O WŚCIEKLIŹNIE, UNIKAM WSZYSTKICH PSÓW. A TWÓJ NAPRAWDĘ DZIWNIE PATRZY!
E TAM!
SKĄD WIESZ, ŻE NIE MA WŚCIEKLIZNY, CO?
JESTEŚ NIEMĄDRY! PSY ZARAŻONE WŚCIEKLIZNĄ ŚLINIĄ SIĘ I TOCZĄ Z PYSKA BIAŁĄ PIANĘ!
CHŁEPT! CHŁEPT! CHŁEPT!
713A
AAA!!! PATRZ!
?
TRZEBA GO NATYCHMIAST ZABRAĆ NA BADANIA DO LECZNICY!
?
TAK... TAK MYŚLISZ?
A CO MU TAM ZROBIĄ?
WSZYSTKO! BADANIA, ZASTRZYKI DOŻYLNE, PRZEŚWIETLENIE...
...ELEKTROKARDIOGRAM I ELEKTROWSTRZĄSY... POWSADZAJĄ MU RÓŻNE MIERNIKI, A JEŚLI BĘDZIE TRZEBA... CIACH!
CO MAM ZROBIĆ? ZIGNOROWAĆ TO CZY RZUCIĆ SIĘ NA NIEGO?
RZUCĘ SIĘ NA NIEGO – TO ZABAWNIEJSZE!
WRRR
CHCĘ DOSTAĆ ZASTRZYKI!
HALO, LECZNICA? MAM WŚCIEKŁEGO PSA! SZYYYBKO!
713B

WARTO SPRÓBOWAĆ

CZEŚĆ, KOCHANIE. PAMIĘTAJ, ŻE MUSISZ IŚĆ DO APTEKI PO SYROP. NADAL BARDZO BOLI MNIE GARDŁO.
OCZYWIŚCIE, KOCHANIE. NIE MARTW SIĘ, NIE ZAPOMNĘ.
A, WŁAŚNIE!
PROSZĘ POWIEDZIEĆ ŻONIE O NASZYM WIECZORNYM SPOTKANIU.
KOCHANIE... YYY... ZACZEKASZ CHWILKĘ?
OBAWIAM SIĘ, ŻE NIE PRZYJDZIE. BOLI JĄ GARDŁO.
NALEGAM!
716A
CHCESZ SIĘ PRZYWITAĆ Z TATUSIEM, KOCHANY?
MOŻE SAM PAN Z NIĄ POROZMAWIA...
PROSZĘ MI ODDAĆ SŁUCHAWKĘ. ŹLE PAN SIĘ DO TEGO ZABIERA!
HALO? DZIEŃ DOBRY, TU WYRĘBSKI. CZY ZGODZIŁABY SIĘ PANI PRZYJĄĆ ZAPROSZENIE NA...
HARRR!
MA PAN RACJĘ, MÓJ DROGI. NALEGANIE NIC NIE DA, JEDNAK NA PAŃSKIM MIEJSCU PORADZIŁBYM ŻONIE, ABY ODWIEDZIŁA SPECJALISTĘ OD STRUN GŁOSOWYCH! I TO NAJLEPSZEGO!
?
715B
Roba C.

ODPOWIEDNI KOLEDZY

NO JUŻ, SIO! ZABIERAJ SIĘ Z DOMU, NIEDOBRY PSIE! GODZINA NA DESZCZU DOBRZE CI ZROBI!
A TO DOPIERO! A POSZŁO O JEDNO ZIMNE UDKO KURCZAKA! CZASEM MAM TEGO SERDECZNIE DOŚĆ!
I JESZCZE LEJE JAK Z CEBRA!
CO NIE TAK, BILL?
CHYBA WIDAĆ, ŻE NIE WYGLĄDA NAJLEPIEJ!
WSZYSTKO NIE TAK! JESTEM PRZYGNĘBIONY I UMRĘ NA DESZCZU!
NIE ZAŁAMUJ SIĘ! ZNAMY ŚWIETNĄ PIOSENKĘ NA BRZYDKĄ POGODĘ I KIEPSKI HUMOR!
O TAK! O TAK!
JEŚLI CHCESZ, ZAŚPIEWAMY!
717 A
BYŁEŚ DLA BILLA ZBYT SUROWY! WIESZ PRZECIEŻ, ŻE SPANIELE SĄ BARDZO WRAŻLIWE. WIDZIAŁEŚ, JAKA JEST POGODA?
MASZ RACJĘ. PÓJDĘ PO NIEGO.
I POWIEDZ MU COŚ MIŁEGO.
I'M SINGING IN THE RAIN...
MÓWIŁ CI JUŻ KTOŚ, ŻE TAŃCZYSZ JAK GENE KELLY?
Roba
717 B.

ODDAJCIE MI STARĄ MISKĘ!

OD JEMIOŁĄ

I GOTOWE! ŁADNIE WYGLĄDA? NIEJEDEN DRUID BY POZAZDROŚCIŁ!
POZA TYM CAŁOWANIE SIĘ POD JEMIOŁĄ TO UROCZY ZWYCZAJ, PRAWDA BILL?
DING DONG!
PRZYSZŁA MAMA Z PTYSIEM. DAMY IM BUZIAKA!
WITAM, SĄSIEDZIE. WPRAWDZIE NIECHĘTNIE, ALE PRZYSZŁAM ŻYCZYĆ WAM WESO... OCH, MACIE JEMIOŁĘ?!
PODOBNO TAKI JEST ZWYCZAJ... ALE NIE BĘDZIE PAN TEGO NADUŻYWAŁ? WESOŁYCH ŚWIĄT, SĄSIEDZIE!
CMOK!
ŚMIESZNY I OBRZYDLIWY ZWYCZAJ!
ŁIIIIIII!
CMOK!
PÓŹNIEJ...
JAK TO? NIE POCAŁUJEMY SIĘ POD JEMIOŁĄ?!
TO PRZESTARZAŁY, ŚMIESZNY I OBRZYDLIWY ZWYCZAJ!
WŁAŚNIE!

HIGIENA ODŻYWIANIA SIĘ

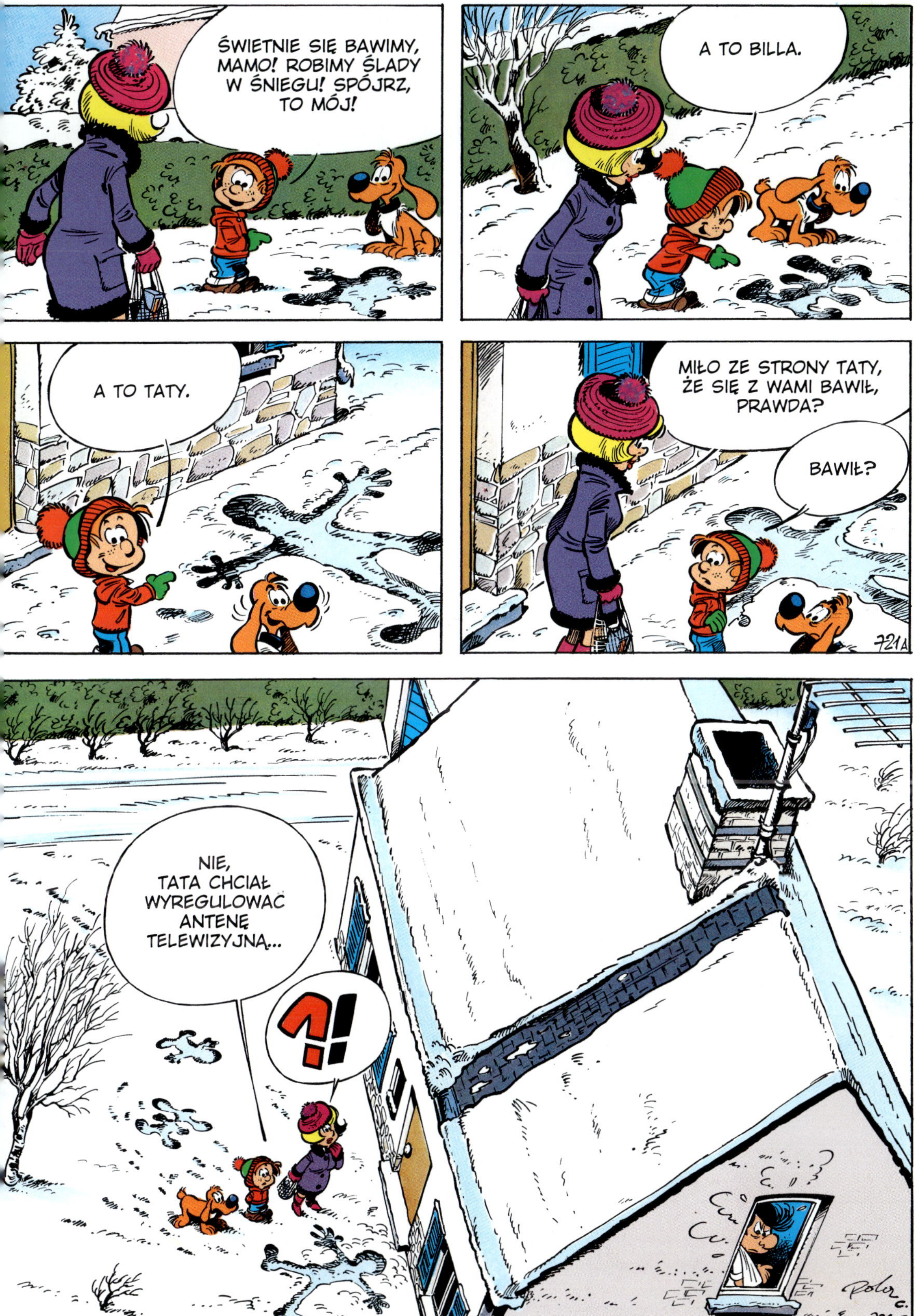
ŚWIETNIE SIĘ BAWIMY, MAMO! ROBIMY ŚLADY W ŚNIEGU! SPÓJRZ, TO MÓJ!
A TO BILLA.
A TO TATY.
MIŁO ZE STRONY TATY, ŻE SIĘ Z WAMI BAWIŁ, PRAWDA?
BAWIŁ?
721 A
NIE, TATA CHCIAŁ WYREGULOWAĆ ANTENĘ TELEWIZYJNĄ...
?!
721 B

PIĘTNO ZŁODZIEJA

JAKI CUDOWNY JEST LAS O TEJ PORZE ROKU...
RRRYYYK
CO TO TAKIEGO?! CO SIĘ DZIEJE?!
CIII! SPÓJRZ, JELEŃ PODCZAS RYKOWISKA...
RRRYYYK
PODCZAS CZEGO?
723A
OTO PIĘKNO DZIKIEGO ŻYCIA W LESIE!
RRRYYYK
O RANY...
STUK!
JELENIE RYCZĄ, KIEDY WALCZĄ O PRAWO DO ZDOBYCIA ŁANI I ZOSTANIA PRZYWÓDCĄ STADA... WSPANIAŁY WIDOK!
JAK DOBRZE, ŻE SPANIELE NIE MAJĄ RY-KOWISKA!
AUUU!
CZY TO TEŻ RYK JELENIA?
NIE, WRZASK BILLA!
CO ZA NATRĘT!
ALE POWIEDZIAŁ MI ŁADNY KOM-PLEMENT!
?
?
Roba
723B.

PIĆ... PIĆ...

AAARGH!
RANY, BILL!
MÓJ BIEDNY BILL!
BILL!
GARGL
ZACZEKAJ, PIESKU! ZACZEKAJ!
ARGGGL
BILL!
AAAGH
OJEJ, JUŻ LECĘ!
WIELKĄ PRZYJEMNOŚCIĄ JEST OBSERWOWANIE, CO ROBIĄ, GDY UDAJĘ, ŻE UMIERAM Z PRAGNIENIA!

JEAN ROBA

Ptyś i Bill

PAMIĘTNIKI BILLA

UDANEGO POLOWANIA, PANIE MOSTOWSKI!
DZIĘKUJĘ.
PIIISK
725 A
CHLIP
CHLIP
ZMIENIŁ PAN ZDANIE?
NIEKTÓRE DNI ŹLE SIĘ ZACZYNAJĄ... I OD RAZU WIADOMO, ŻE LEPIEJ WRÓCIĆ DO DOMU...
725 B. C.

CHYTRY DWA RAZY TRACI

NIEDŁUGO WRÓCIMY. JESTEŚCIE JUŻ DUZI, POWIERZAMY WAM WIĘC DOM. BĄDŹCIE GRZECZNI I NIKOMU NIE OTWIERAJCIE.
TROCHĘ PÓŹNIEJ...
KLIK KLIK
ODGŁOS KLUCZA W ZAMKU! PEWNIE ZŁODZIEJ!
KLAK!
WRRR
EJ!
?
?
TO TYLKO JA! ZAPOMNIAŁEM FAJKI!
TAKICH RZECZY SIĘ NIE ROBI!
JESZCZE TROCHĘ PÓŹNIEJ...
KLIK KLIK
ZNOWU?!
SPOKOJNIE, TO ZNOWU JA! MAMA ZAPOMNIAŁA RĘKAWICZEK!
O TAK, JESZCZE PÓŹNIEJ...
O RANY! TATA ZAPOMNIAŁ PORTFELA!
KLIK KLIK
TATA WRACA! TERAZ PEWNIE PO PORTFEL!
PROSZĘ, TWÓJ PORT...
?!

KOCHANIE, SKORO JEST WEEKEND, MOŻESZ CHYBA ZAGRABIĆ LIŚCIE W OGRÓDKU?
TO CHYBA NIC TRUDNEGO?
DLACZEGO ŻONY ZAWSZE MIEWAJĄ TAKIE POMYSŁY?
JEST ŁADNA POGODA, IDĘ NA ZAKUPY. PAMIĘTAJ O LIŚCIACH.
DOBRA, DOBRA...
PRZEDE WSZYSTKIM BĘDĘ PAMIĘTA O WYPOCZYNKU...
...SKORO MOJA WŁASNA ŻONA NIE PAMIĘTA, ŻE TYRAM PRZEZ CAŁY TYDZIEŃ!
POZA TYM CHCĘ SIĘ PRZESPAĆ! A OPADŁE LIŚCIE I TAK SĄ JUŻ NIEŻYWE. NIC IM SIĘ NIE STANIE, JEŚLI JESZCZE TROCHĘ POLEŻĄ.
W SUMIE MA RACJĘ. ŻYCIE MĘŻCZYZNY JEST BARDZO MĘCZĄCE!
POMOGĘ MU, BO JEST DOBRYM PANEM...
BYWAJĄ GORSI...
SPRAWIĘ MU PRZYJEMNOŚĆ...
BĘDZIE ZADOWOLONY, A JA DOSTANĘ NAGRODĘ... MOŻE KOŚĆ ZE SZPIKIEM?
PÓŹNIEJ...
WIDZIAŁAM, ŻE ZAJĄŁEŚ SIĘ LIŚĆMI! BRAWO, KOCHANIE. TERAZ MOŻESZ ODPOCZĄĆ!
RRR CHR
Rola 728

ŚCIĄGAWKA

BITWA POD MARIGNANO: KRÓL FRANCISZEK I ZWYCIĘŻA SZWAJCARÓW. ROK 1515.
BITWA POD MARIGNANO: KRÓL FRANCISZEK I ZWYCIĘŻA SZWAJCARÓW... TO BYŁ ROK... 1200... YYY, NIE... 1414... NIE!
BUHUHU! NIGDY NIE ZAPAMIĘTAM TEJ DATY, A DZIŚ MAM HISTORIĘ!
BUUU!
DOSTANĘ JEDYYYNKĘ!
CHYBA ŻE...
BILL, ODDAŁBYŚ MI PRZYSŁUGĘ?
729A
PÓŹNIEJ...
ZROZUMIAŁEŚ? PRZEDE WSZYSTKIM ZJAW SIĘ TAM PUNKTUALNIE!
PTYSIU, POWIESZ NAM, KIEDY MIAŁA MIEJSCE BITWA POD MARIGNANO?
GDZIE ON SIĘ PODZIEWA?!
YYY... EEE...
I CO, PTYSIU? CZEKAMY!
TAK, TAK, PSZE PANA... JUŻ MÓWIĘ...
1515
W 1515 ROKU, PSZE PANA!
Roba 729 B.

ULEPSZONA ZABAWA

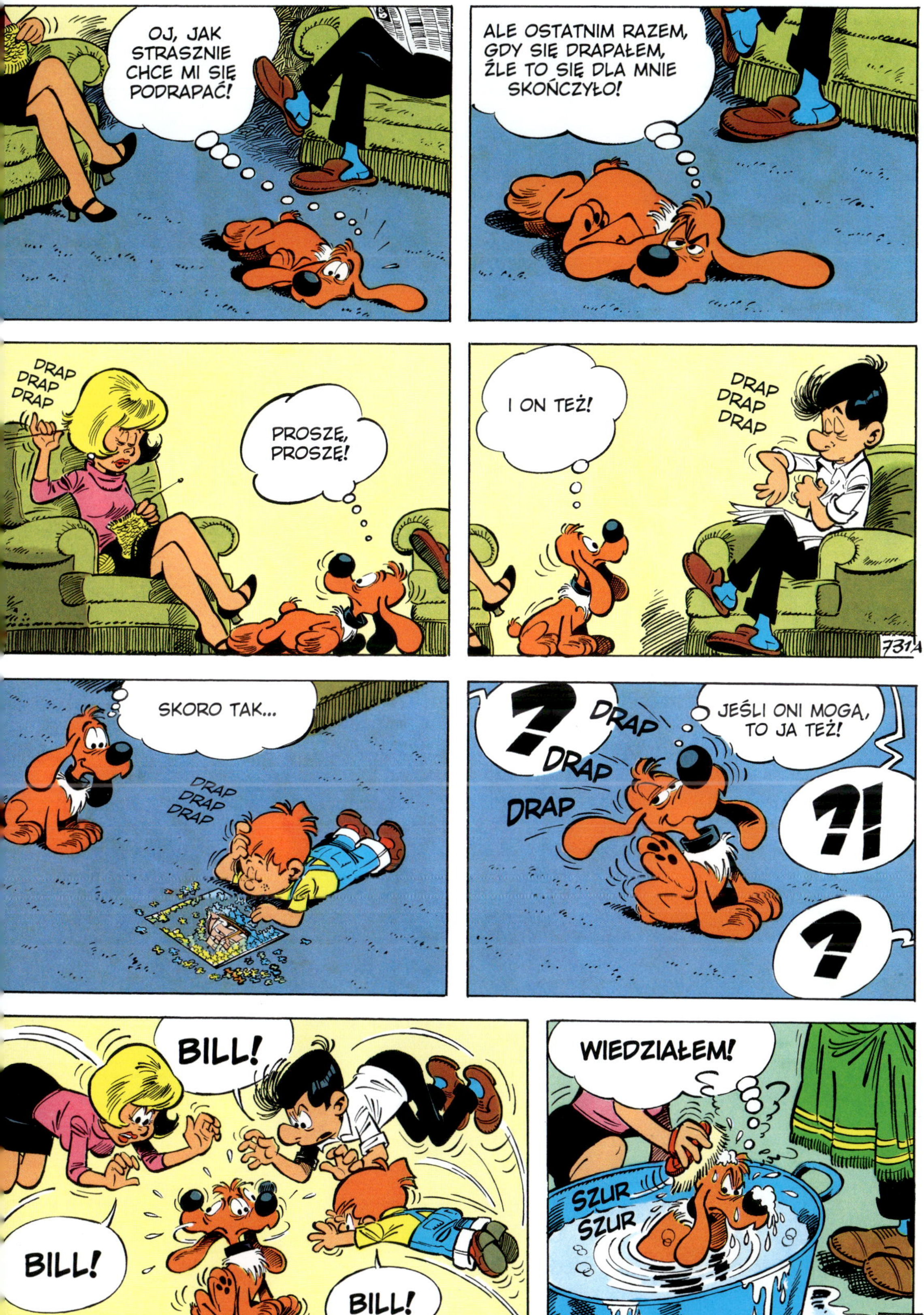
OJ, JAK STRASZNIE CHCE MI SIĘ PODRAPAĆ!
ALE OSTATNIM RAZEM, GDY SIĘ DRAPAŁEM, ŹLE TO SIĘ DLA MNIE SKOŃCZYŁO!
DRAP DRAP DRAP
PROSZĘ, PROSZĘ!
I ON TEŻ!
DRAP DRAP DRAP
731 A
SKORO TAK...
DRAP DRAP DRAP
?
DRAP DRAP DRAP
JEŚLI ONI MOGĄ, TO JA TEŻ!
?!
?
BILL!
BILL!
BILL!
WIEDZIAŁEM!
SZUR SZUR
Roba
731 B

PODLEWAĆ!

O TAK, TU CI BĘDZIE DOBRZE.
KLEP KLEP
JAKIE TO ROZCZULAJĄCE, ŻE Z TEJ CHERLAWEJ GAŁĄZKI...
...PEWNEGO DNIA WYROŚNIE SZLACHETNA BRZOZA! MUSZĘ JĄ TYLKO PODLEWAĆ.
TRZEBA PODLEWAĆ, BILL! CZĘSTO PODLEWAĆ, CHA, CHA, CHA!
EEEJ!
POTWÓR! MORDERCA!
PRZECIEŻ PODLAŁEM ZGODNIE Z ZALECENIEM!

CHOROBA

1. TYDZIEŃ...
KOCHANIE, LEKARZ POWIEDZIAŁ, ŻE NIE MOŻESZ WYCHODZIĆ Z POKOJU.
BILL DOTRZYMA CI TOWARZYSTWA.
JEŚLI BĘDZIESZ PRZESTRZEGAŁ ZALECEŃ, ZA TYDZIEŃ LUB DWA WYZDROWIEJESZ. DOBRZE, ŻE MASZ KUMPLA!
2. TYDZIEŃ...
EEECH! JAKĄ KOSZMARNĄ CHOROBĘ ZŁAPAŁEM! JUŻ WOLAŁBYM CHODZIĆ DO SZKOŁY!
A MNIE TO SIĘ BARDZO PODOBA!
MAM TEGO DOSYĆ! DOSYĆ! DOSYĆ!
PRZECIEŻ TU JEST WSPANIALE! I... MMM... ROSÓŁ JEST PYSZNY!
SIORB
733 A
3. TYDZIEŃ...
WIDZĘ, ŻE MASZ SIĘ DUŻO LEPIEJ, CHŁOPCZE. JESTEŚ PRAWIE ZDROWY. JUTRO MOŻESZ WYJŚĆ Z DOMU I POBAWIĆ SIĘ NA POWIETRZU.
JUŻ? OJEJ...
NAZAJUTRZ...
HEJ! JESTEM ZDROWY! WYLECZYŁEM SIĘ ZE ŚWINKI!
ŚWINKI?! TO STRASZNIE ZAKAŹNA CHOROBA!
ZACHOWYWAŁEM OSTROŻNOŚĆ I NIKOGO NIE ZARAZIŁEM.
NO, PRAWIE NIKOGO!
733 B

JAK ZWIĄZANY

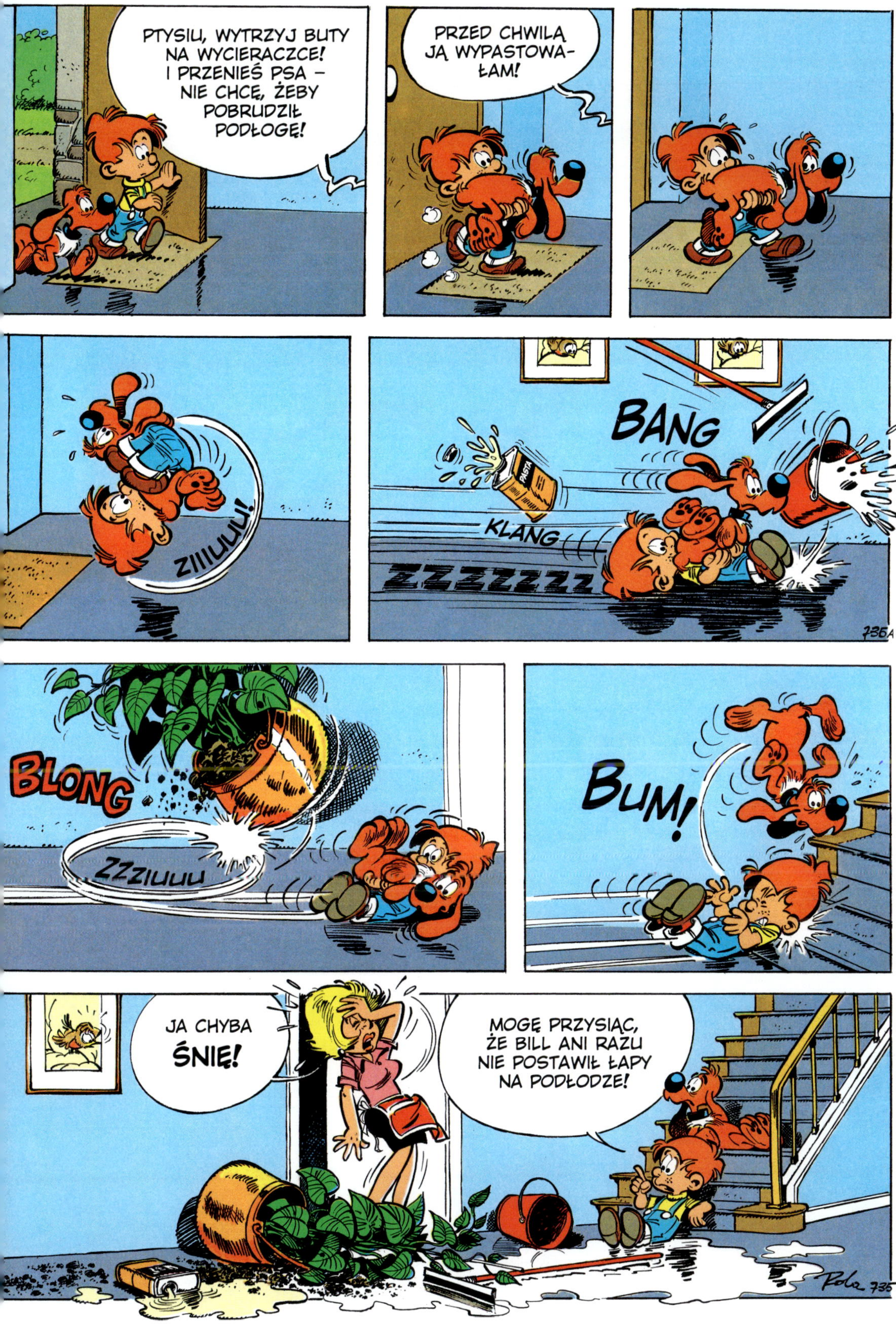
PTYSIU, WYTRZYJ BUTY NA WYCIERACZCE! I PRZENIEŚ PSA – NIE CHCĘ, ŻEBY POBRUDZIŁ PODŁOGĘ!
PRZED CHWILĄ JĄ WYPASTOWAŁAM!
ZIIIUUU!
BANG
PASTA
KLANG
ZZZZZZZ
BLONG
ZZZIUUUU
BUM!
JA CHYBA ŚNIĘ!
MOGĘ PRZYSIĄC, ŻE BILL ANI RAZU NIE POSTAWIŁ ŁAPY NA PODŁODZE!

?
BANG!
CO TO MA ZNACZYĆ?! HALO! HEJŻE!
JEŚLI NIE UMIE SIĘ PROWADZIĆ, TO SIĘ NIE WSIADA DO AUTA!
CO TAKIE-GO?!
POWINIENEŚ JEŹDZIĆ AUTOBUSEM, NIEZDARO!
SAM JESTEŚ NIEZDARĄ!
?
?
HAU! HAU! HAU! !! ŁAF! HAU! ŁAF!
HAU?! GRAU! HAU! GRAUR!

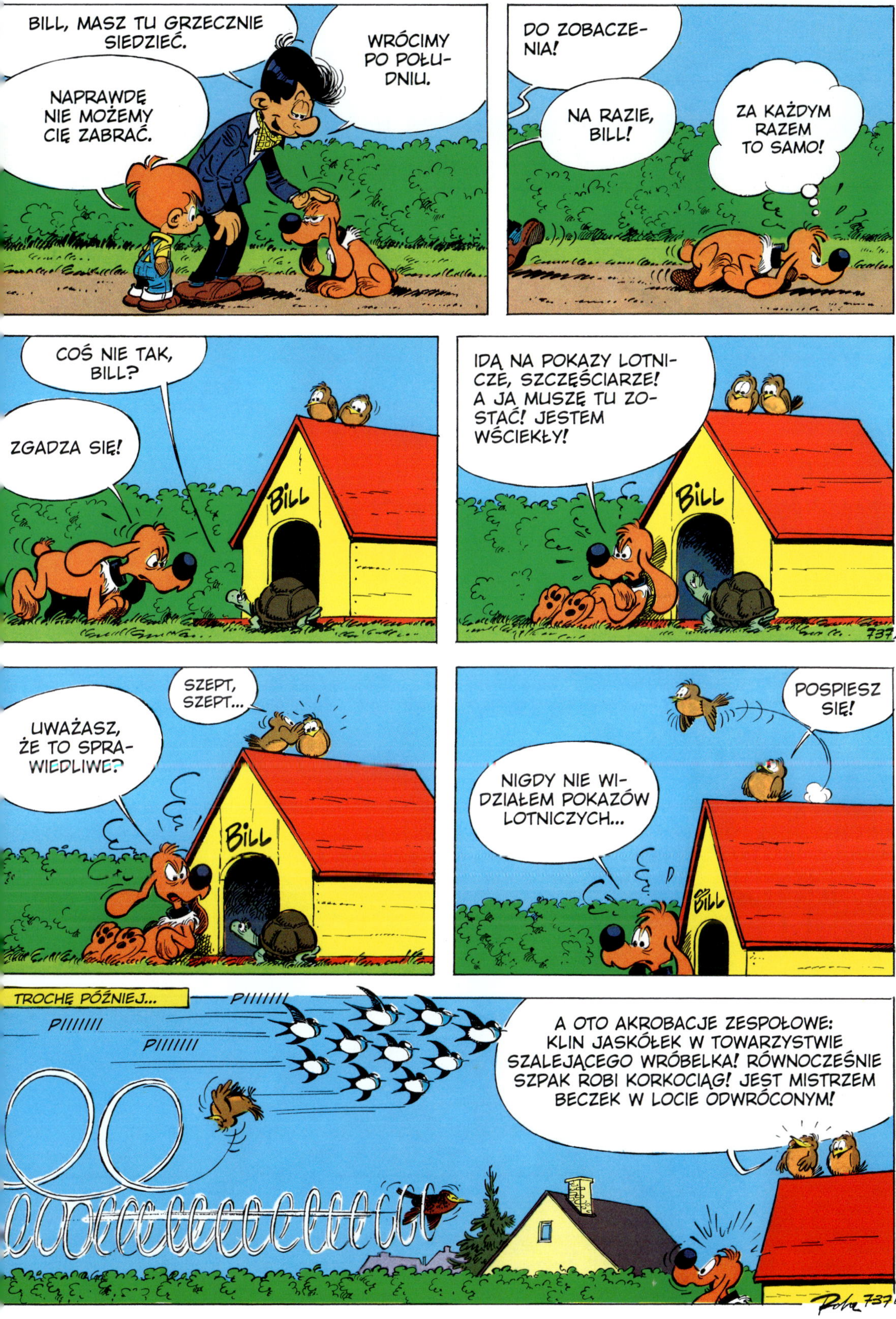
BILL, MASZ TU GRZECZNIE SIEDZIEĆ.
NAPRAWDĘ NIE MOŻEMY CIĘ ZABRAĆ.
WRÓCIMY PO POŁUDNIU.
DO ZOBACZENIA!
NA RAZIE, BILL!
ZA KAŻDYM RAZEM TO SAMO!
COŚ NIE TAK, BILL?
ZGADZA SIĘ!
BILL
IDĄ NA POKAZY LOTNICZE, SZCZĘŚCIARZE! A JA MUSZĘ TU ZOSTAĆ! JESTEM WŚCIEKŁY!
737A
UWAŻASZ, ŻE TO SPRAWIEDLIWE?
SZEPT, SZEPT...
POSPIESZ SIĘ!
NIGDY NIE WIDZIAŁEM POKAZÓW LOTNICZYCH...
TROCHĘ PÓŹNIEJ...
PIIIIIII
PIIIIIII
PIIIIIII
A OTO AKROBACJE ZESPOŁOWE: KLIN JASKÓŁEK W TOWARZYSTWIE SZALEJĄCEGO WRÓBELKA! RÓWNOCZEŚNIE SZPAK ROBI KORKOCIĄG! JEST MISTRZEM BECZEK W LOCIE ODWRÓCONYM!
Roba 737B

BILL, NIE! BILL, WRACAJ!
BILL!
UWIELBIAM CHODZIĆ W ŻYCIE, SZUKAJĄC CHABRÓW!
OD BARDZO DAWNA NIE WIDZIAŁEM CHABRÓW...
?
CHYBA CI ŻYCIE NIEMIŁE, SKORO TU SPACERUJESZ! ZMYKAJ STĄD, KOLEGO!
BRRRRRRRRR
BILL?
BRRRRRRRRR

ZARAZ KO-LEJNA GOSPO-DYNI ULEGNIE CZAROWI SZCZOTKI ZE ZŁOTYM WŁOSIEM!
DING DONG
O, LEDWIE UCHYLIŁA DRZWI. JEST OSTROŻNA. TRUDNA KLIENTKA... UWIELBIAM TAKIE!
WIEM, ŻE JEST PANI ZA DRZWIA-MI, DLATEGO OŚMIELĘ SIĘ STWIERDZIĆ...
...ŻE NA PEWNO POTRZE-BUJE PANI SZCZOTKI ZE ZŁOTYM WŁOSIEM! TEJ SZCZOTKI ZAZDROŚCI NAM CAŁY ŚWIAT!
739A
CHE, CHE! WIDZĘ, ŻE WCIĄŻ SIĘ WAHA. BĘDZIE TRUDNIEJ, NIŻ SIĘ SPODZIEWAŁEM. MUSZĘ WYTOCZYĆ ARMATY. ZABLOKUJĘ DRZWI STOPĄ!
WSADZENIE STOPY W DRZWI TO POD-STAWA...
AAACH!
POWIEDZ WRESZCIE, KTO TO BYŁ! I CZEMU TRZYMASZ W PYSKU BUT ZE SKAR-PETKĄ?!
BAM
Roba
739B

BRAK TAKTU

A TAK MI SIĘ PODOBAŁO W TYM DOMU... ALE WSZYSTKO, CO DOBRE, KIEDYŚ SIĘ KOŃCZY!
W PRZYSPIESZONYM TEMPIE
NAJBARDZIEJ BĘDĘ TĘSKNIĆ ZA BILLEM...
KAROLINO!
CO SIĘ DZIEJE? ODCHODZISZ?
TAK. NA ŻÓŁWIĄ WYSPĘ!
PRZECIEŻ TO NA DRUGIM KOŃCU ŚWIATA!
TRUDNO! IM DALEJ ZNAJDĘ SIĘ OD TEGO DOMU, TYM LEPIEJ!
MAMO, TATO! NIE WIDZIELIŚCIE BILLA I KAROLINY?
WIDZIAŁEM, JAK SIĘ ODDALAŁA, A ZA NIĄ SZEDŁ BILL...
NIECO WCZEŚNIEJ POWIEDZIAŁEM MAMIE, ŻE Z PRZYJEMNOŚCIĄ ZJADŁBYM NA OBIAD ZUPĘ ŻÓŁWIOWĄ...
ŻÓŁWIOWĄ?!
KAROLINO, WRACAJ! TATA NIE MIAŁ NA MYŚLI ZUPY Z CIEBIE!
TO BEZ ZNACZENIA!

SPRYTNY PLAN

OŚĆ!
KOBIETY PROTE-STUJĄ!
KONIEC Z MĘSKĄ DOMINACJĄ!
DOŚĆ WYKORZY-STYWANIA KOBIET PRZEZ MĘŻCZYZN!
NIE STWORZONO NAS Z ŻEBRA!
MAMY SWÓJ ROZUM!
WSZYSTKIE NA MANIFĘ!
RZĄDZICIE JUŻ ZBYT DŁUGO!
WŁADZA DLA KOBIET
742
NADESZŁA PORA KOBIET!
ŁA OBIET
CZĘŚĆ, PRZYSTOJNY RUDZIELCU!
BLEBLEBLEBLEB
?!
742
Roba

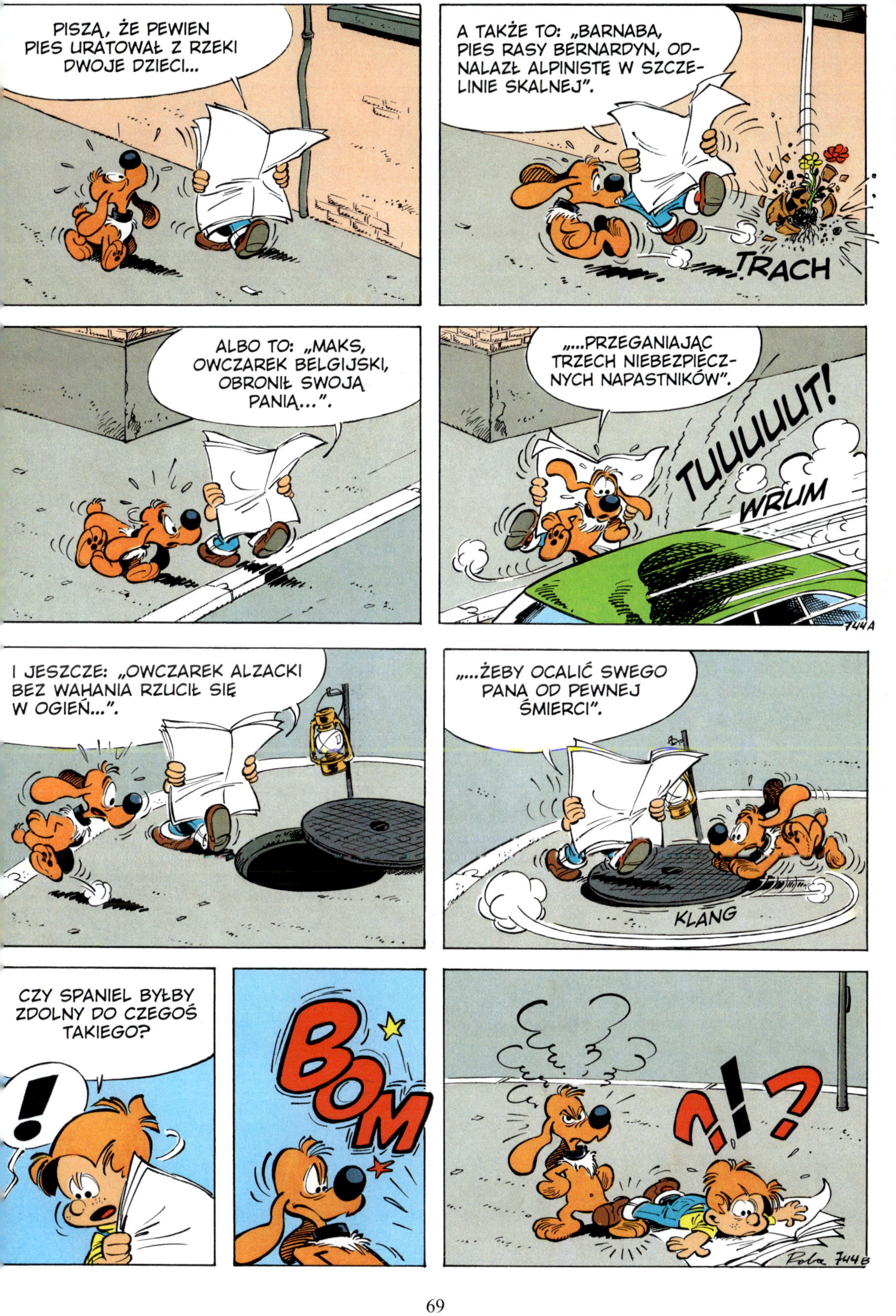
PISZĄ, ŻE PEWIEN PIES URATOWAŁ Z RZEKI DWOJE DZIECI...
A TAKŻE TO: „BARNABA, PIES RASY BERNARDYN, ODNALAZŁ ALPINISTĘ W SZCZELINIE SKALNEJ".
TRACH
ALBO TO: „MAKS, OWCZAREK BELGIJSKI, OBRONIŁ SWOJĄ PANIĄ...".
„...PRZEGANIAJĄC TRZECH NIEBEZPIECZNYCH NAPASTNIKÓW".
TUUUUUT!
WRUM
744A
I JESZCZE: „OWCZAREK ALZACKI BEZ WAHANIA RZUCIŁ SIĘ W OGIEŃ...".
„...ŻEBY OCALIĆ SWEGO PANA OD PEWNEJ ŚMIERCI".
KLANG
CZY SPANIEL BYŁBY ZDOLNY DO CZEGOŚ TAKIEGO?
!
BOM
?!?
Roba 744B

PTYSIU!
POKAŻ, CZY UMYŁEŚ ZĘBY!
YYY...
OCZYWIŚCIE NIE!
NATYCHMIAST IDŹ JE UMYĆ! JAK CI NIE WSTYD? PĘDEM!
ŁUUUCH...
DLACZEGO PSY NIE MUSZĄ MYĆ ZĘBÓW?!
KURY TEŻ NIE!
NIE ODWRACAJ KOTA OGONEM!
WŁAŚNIE!
PRZYPOMINAM CI, ŻE NIEMYTE ZĘBY ŻÓŁKNĄ...
...PSUJĄ SIĘ, POKRYWAJĄ SIĘ KAMIENIEM, KTÓRY TRZEBA USUWAĆ...
...A W KOŃCU PO KOLEI WYPADAJĄ. I NIE MOŻNA JUŻ OGRYZAĆ KOŚCI...
?!
ŁIII!
TATO! CHA, CHA, CHA! BILL ZJADŁ CAŁĄ TUBKĘ PASTY!
MNIAM
GRYZ

ELNY STRZAŁ

TRZYMA SIĘ! STAŃ POD SPODEM, BO PIOTREK ZARAZ TU BĘDZIE!
JUŻ IDZIE! POŚMIEJEMY SIĘ! ŻART Z JABŁKIEM WILHELMA TELLA JEST STARY, ALE ZAWSZE DZIAŁA!
O, STRZELASZ Z ŁUKU?
TAK. WIDZIAŁEŚ, JAK TRAFIŁEM?
WIDZIAŁEŚ TO?!
JA ŚWIETNIE STRZELAM Z ŁUKU!
745 A
ZAMIAST UDAWAĆ ROBIN HOODA, CZY MOŻESZ TAM SPOJRZEĆ?
NO SPÓJRZ WRESZCIE!
DZIIING
A TO WIDZIAŁEŚ?! WIDZIAŁEŚ? POWIEDZ! TRAFIŁEM PIERWSZĄ STRZAŁĄ!
WIDZIAŁEŚ?! POWIEDZ COŚ! EJ, CO Z TOBĄ?!
SZCZĘK! SZCZĘK! SZCZĘK! SZCZĘK!
Roba
745 B.

UCZULENIE

OCZYWIŚCIE, PANIE KISZENIAK, CZEKAMY NA NIĄ! SŁUCHAM? TAK, MAMY PSA...
ZAPEWNIAM, ŻE JEST BARDZO MIŁY. ACH, ALERGIA? AŻ TAK MOCNA? ROZUMIEM, BĘDZIEMY UWAŻAĆ.
KATASTROFA! ZA CHWILĘ PRZYJDZIE TU DYREKTORKA DZIAŁU PR FIRMY PANA KISZENIAKA... WIESZ, TEGO KRÓLA KAPUSTY!
KLAK!
DOKĄD ZABIERASZ PSA?
TA PANI PODOBNO DOSTAJE STRASZNEJ ALERGII JUŻ NA SAM WIDOK PSA! NIE ZAMIERZAM PRZEZ BILLA ZMARNOWAĆ KONTRAKTU ROKU NA KAMPANIĘ REKLAMOWĄ KISZONEJ KAPUSTY!
NIE CIERPIĘ KISZONEJ KAPUSTY!
O NIE! NIE ZAMKNIESZ GDZIEŚ PSA TYLKO DLATEGO, ŻE TA PANI MA ALERGIĘ! NIEZALEŻNIE OD STAWKI!
NO DOBRZE. MOŻESZ ZOSTAĆ, ALE MUSISZ BYĆ BARDZO, BARDZO GRZECZNY! I BARDZO MIŁY, ROZUMIESZ?!
NIECO PÓŹNIEJ...
PROSZĘ, NIECH PANI USIĄDZIE.
CHCIAŁABYM PRZEDYSKUTOWAĆ JEDEN PUNKT KAMPANII.
CMOK
BŁAGAM PANIĄ! JEST MI NIEZMIERNIE PRZYKRO!
PRZECIEŻ BYŁEM BARDZO MIŁY...

ZABAWY NA PORĘCZY

KIEPSKA SPRAWA

HURRAAA!
SPÓJRZCIE, CO ZNALAZŁEM NA STRYCHU, W WALIZCE Z RZECZAMI Z MOJEGO DZIECIŃSTWA!
STARY BĄCZEK! PIĘKNY DREWNIANY BĄCZEK! I WCIĄŻ MA SZNUREK!
NA PEWNO UDA MI SIĘ WPRAWIĆ GO W RUCH!
BYŁEM PRAWDZIWYM MISTRZEM W PUSZCZANIU BĄCZKA!
749 A
ZOBACZYCIE, JAKĄ MAM TECHNIKĘ, CHA, CHA! TEGO SIĘ NIE ZAPOMINA!
IJAAA!
ZIULULI
CLING DZING
E, TO NIC TAKIEGO! ŹLE NACIĄGNĄŁEM SZNUREK. TO TYLKO SZCZEGÓŁ!
TYM RAZEM BĘDZIE LEPIEJ.
PÓŹNIEJ...
MUSIAŁEM TROCHĘ WYJŚĆ Z WPRAWY, ALE ONA WRÓCI... NA PEWNO WRÓCI!
DOBRZE, ŻE NIE ODNALAZŁ SWOJEJ STAREJ WIATRÓWKI!
Roba 749 B.

WYJAŚNIENIE

W CO SIĘ BAWISZ, TATO?
ŚMIAŁEŚ POWIEDZIEĆ, ŻE SIĘ BAWIĘ?!
JAK MOŻESZ SĄDZIĆ, ŻE SIĘ BAWIĘ, SKORO NAPRAWIAM TEN !!! ODKURZACZ, KTÓRY LEDWO ZIPIE I NIE ZASYSA?!
POCZEKAJ CHWILĘ, TATO. ZARAZ WRACAM.
KLANG!
TATO, CZY MOŻESZ TERAZ Z POWRTOEM POSTAWIĆ ODKURZACZ?
751 A
NAPRAWDĘ SĄDZISZ, ŻE TO COŚ ZMIENI, JEŚLI GO POSTAWIĘ?
NIE, TO NIC NIE ZMIENI, ALE PROSZĘ.
ZOBACZYSZ.
A TERAZ OTWÓRZ TEN WOREK.
MÓJ SYN OSZALAŁ! KOMPLETNIE OSZALAŁ!
DOBRA, ZOBACZMY, CO WYKOMBINOWAŁ...
TERAZ BĘDZIE DOBRZE ZASYSAŁ, PRAWDA, BILL?
BARDZO ZABAWNE!
Roba
751 B

GOŚCIE

?
SŁUCHAJ, TO TYLKO JEDNO POPOŁUDNIE. NIE RÓB AFERY!
O CO CHODZI, DZIECI?
CZEŚĆ, TATO. MAMA URZĄDZIŁA PODWIECZOREK DLA KOLEŻANEK...
OJOJOJ! I CO?
BILL NIE JEST ZBYT ZADOWOLONY.
ZAŁOŻĘ SIĘ, ŻE MAMA GRZECZNIE GO POPROSIŁA, ABY BAWIŁ SIĘ NA ZEWNĄTRZ?
TAK. BAŁA SIĘ O SWÓJ ŁADNY OBRUS, CIASTO I CIASTECZKA...
...ALE CHODZI O COŚ JESZCZE... WEJDŹ, A ZROZUMIESZ!
752
?!
WRRR
Roba
752

ZTUCZKA STARA JAK ŚWIAT

KWESTIA WIELKOŚCI

BILL!
POWIEDZ MI SZYBKO, CO TO MA BYĆ?!
SKĄD MASZ TYLE KOŚCI?! ODPOWIA-DAJ!
?
NO JUŻ, ODNIEŚ KOŚCI TAM, SKĄD JE WZIĄŁEŚ!
INACZEJ NIE DOSTA-NIESZ DESERU I CODZIENNIE BĘDZIESZ KĄPANY!
PÓŹNIEJ...
WEJŚCIE DO KATAKUMB
ZWIEDZANIE Z PRZEWODNIKIEM
CENNIK
PRZEPRASZAM... PROSZĘ NAS PRZEPUŚCIĆ...
TAKA ŻYŁA ZŁOTA TRAFIA SIĘ RAZ W ŻYCIU!
955 B.

JAPOŃSKA UKŁADANKA

* WSZELKIE PODOBIEŃSTWA DO PRAWDZIWYCH ZNAKÓW PISMA JAPOŃSKIEGO BYŁYBY ZABAWNYM ZBIEGIEM OKOLICZNOŚCI.

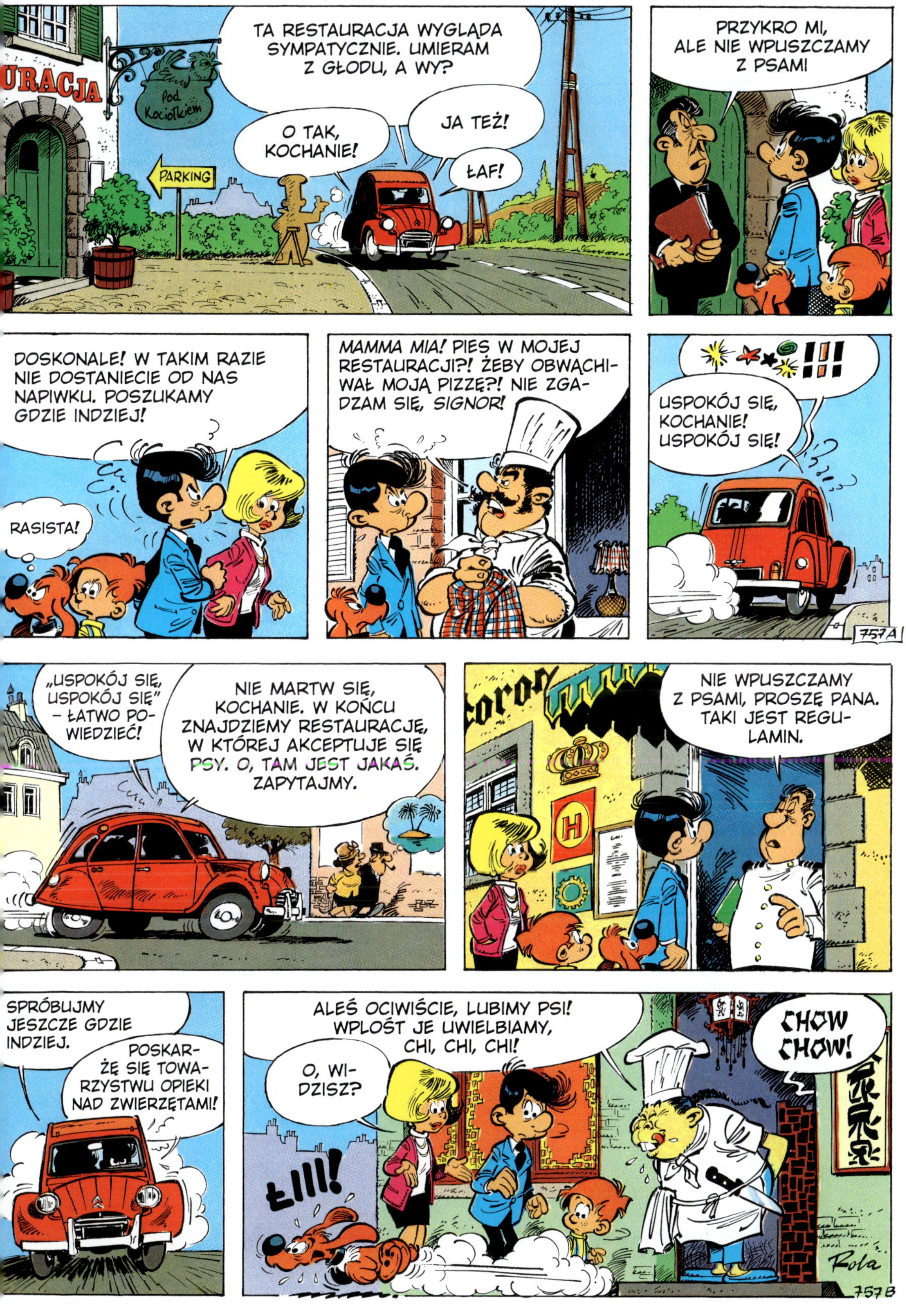
URACJA
Pod Kociołkiem
PARKING
TA RESTAURACJA WYGLĄDA SYMPATYCZNIE. UMIERAM Z GŁODU, A WY?
O TAK, KOCHANIE!
JA TEŻ!
ŁAF!
PRZYKRO MI, ALE NIE WPUSZCZAMY Z PSAMI
DOSKONALE! W TAKIM RAZIE NIE DOSTANIECIE OD NAS NAPIWKU. POSZUKAMY GDZIE INDZIEJ!
RASISTA!
MAMMA MIA! PIES W MOJEJ RESTAURACJI?! ŻEBY OBWĄCHIWAŁ MOJĄ PIZZĘ?! NIE ZGADZAM SIĘ, SIGNOR!
!!!
USPOKÓJ SIĘ, KOCHANIE! USPOKÓJ SIĘ!
757A
„USPOKÓJ SIĘ, USPOKÓJ SIĘ” – ŁATWO POWIEDZIEĆ!
NIE MARTW SIĘ, KOCHANIE. W KOŃCU ZNAJDZIEMY RESTAURACJĘ, W KTÓREJ AKCEPTUJE SIĘ PSY. O, TAM JEST JAKAŚ. ZAPYTAJMY.
NIE WPUSZCZAMY Z PSAMI, PROSZĘ PANA. TAKI JEST REGULAMIN.
H
SPRÓBUJMY JESZCZE GDZIE INDZIEJ.
POSKARŻĘ SIĘ TOWARZYSTWU OPIEKI NAD ZWIERZĘTAMI!
ALEŚ OCIWIŚCIE, LUBIMY PSI! WPLOŚT JE UWIELBIAMY, CHI, CHI, CHI!
O, WIDZISZ?
CHOW CHOW!
ŁIII!
Rola
757B

TO DZIAŁA!

W TYM ROKU TEMATEM BALU SZKOLNEGO JEST „U SIUKSÓW". WYKONAM TANIEC DESZCZU!
NAUCZYŁEM SIĘ GO Z TEJ KSIĄŻKI.
WSZYSTKO JEST W NIEJ OPISANE. MUZYKA, RUCHY, GESTY, A NAWET SŁOWA. A GDYBY UDAŁO MI SIĘ SPROWADZIĆ DESZCZ, TO BYŁBY WIELKI SUKCES!
TEKST ZNAM JUŻ NA PAMIĘĆ. CHCESZ POSŁUCHAĆ? POWIESZ MI, CO O NIM MYŚLISZ.
OKAAAJEEE! JAAAUUUKAAA!
!
JAHEEEJUHUUU! HAEEE!
ŁUUUUU!
BUM BUM BUM BUM BUM BUM BUM BUM...
OHAAJAHEAAA! OKAWAKAAA!
ŁUUU!
PLUSK!
TO DZIAŁA! DZIAŁA!
WYDZIERAJCIE SIĘ GDZIE INDZIEJ, PRZEBIERAŃCY!
758 B

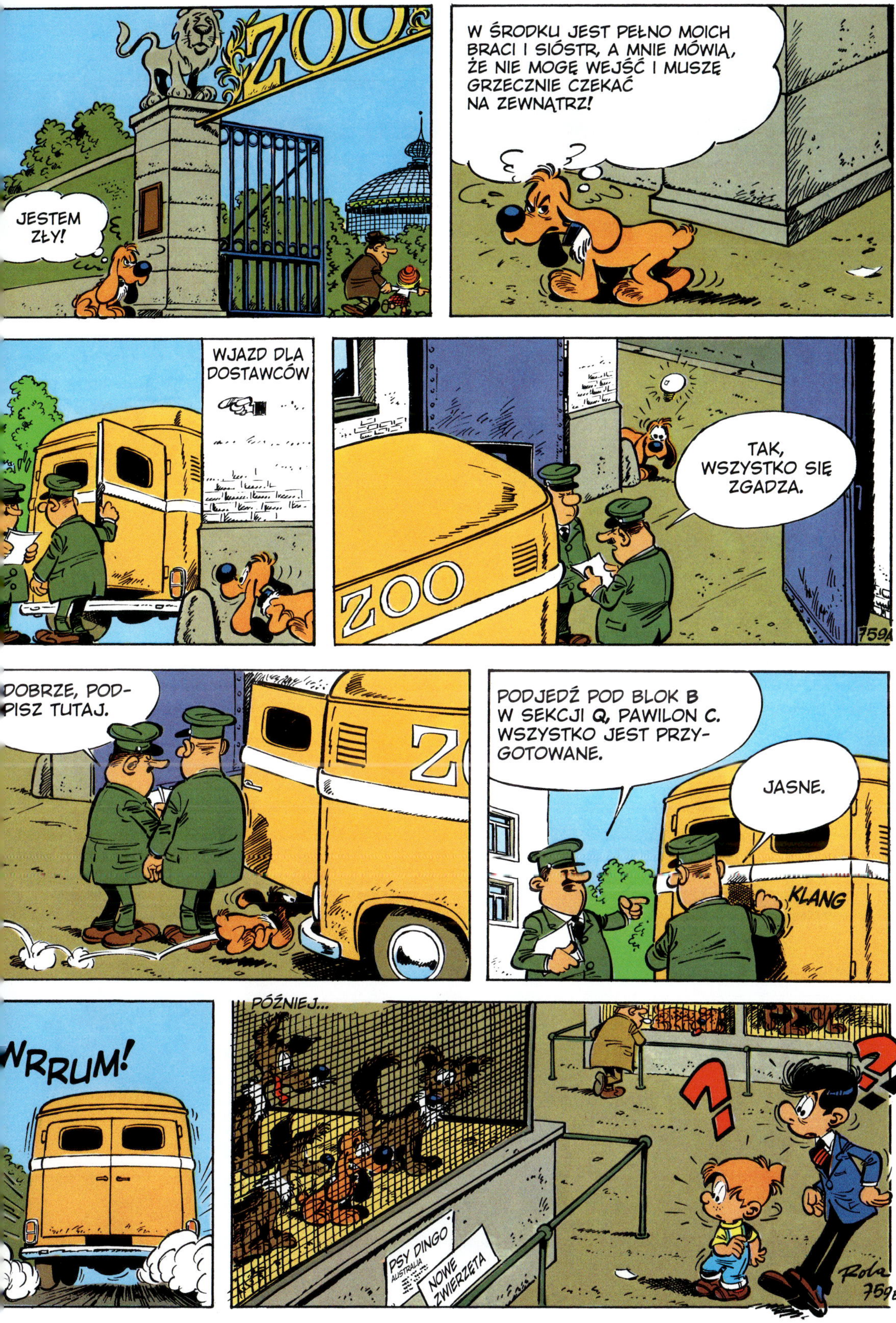
ZOO
JESTEM ZŁY!
W ŚRODKU JEST PEŁNO MOICH BRACI I SIÓSTR, A MNIE MÓWIĄ, ŻE NIE MOGĘ WEJŚĆ I MUSZĘ GRZECZNIE CZEKAĆ NA ZEWNĄTRZ!
WJAZD DLA DOSTAWCÓW
ZOO
TAK, WSZYSTKO SIĘ ZGADZA.
759A
DOBRZE, PODPISZ TUTAJ.
PODJEDŹ POD BLOK B W SEKCJI Q, PAWILON C. WSZYSTKO JEST PRZYGOTOWANE.
JASNE.
KLANG
WRRUM!
PÓŹNIEJ...
PSY DINGO
AUSTRALIA
NOWE ZWIERZĘTA
Rola
759B.

ORGANIZACJA PRACY

CZY PIES TO LAMA?

MIARKA SIĘ PRZEBRAŁA!

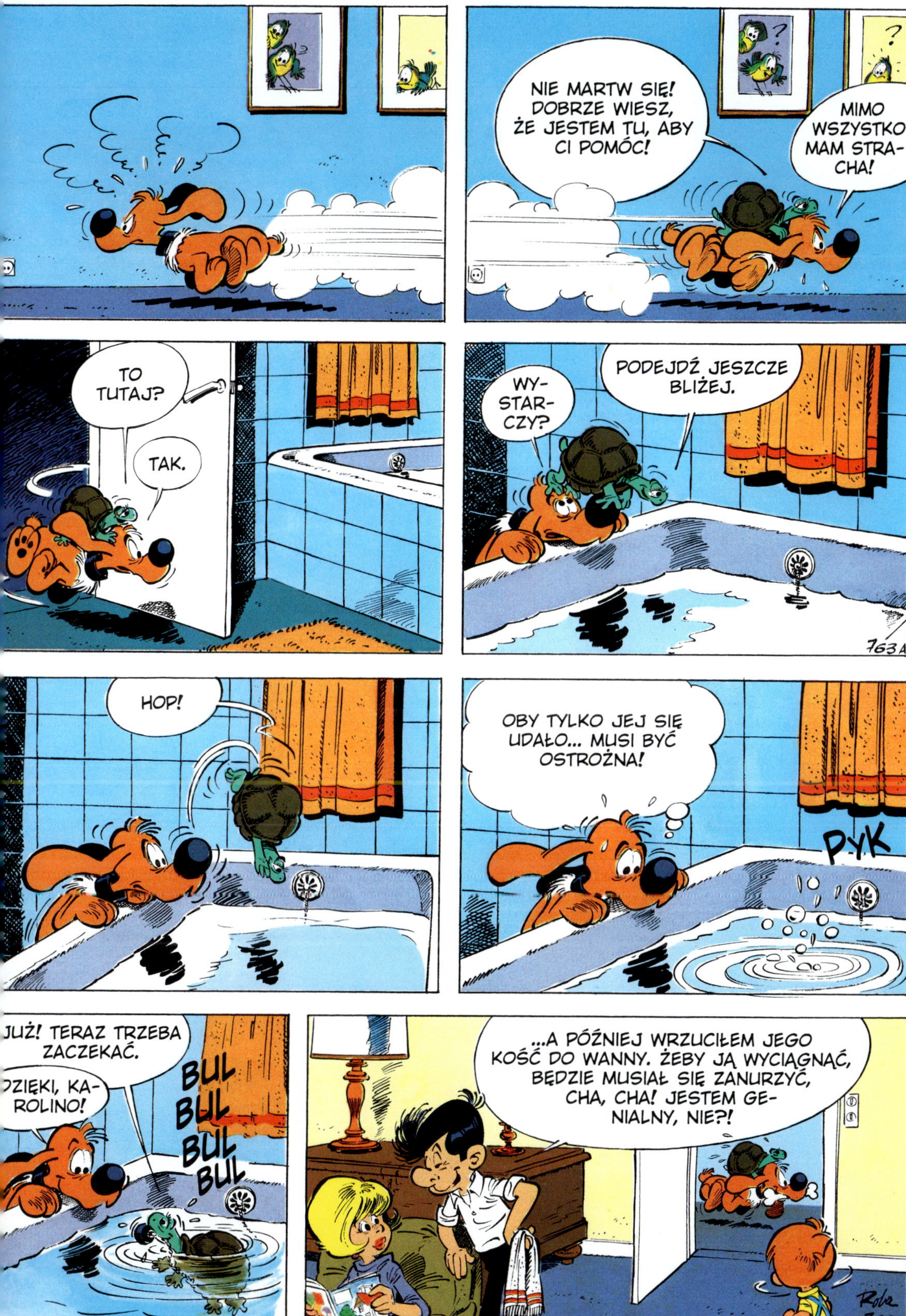
NIE MARTW SIĘ! DOBRZE WIESZ, ŻE JESTEM TU, ABY CI POMÓC!
MIMO WSZYSTKO MAM STRACHA!
TO TUTAJ?
TAK.
WYSTARCZY?
PODEJDŹ JESZCZE BLIŻEJ.
763 A
HOP!
OBY TYLKO JEJ SIĘ UDAŁO... MUSI BYĆ OSTROŻNA!
PYK
JUŻ! TERAZ TRZEBA ZACZEKAĆ.
ZIĘKI, KAROLINO!
BUL BUL BUL BUL
...A PÓŹNIEJ WRZUCIŁEM JEGO KOŚĆ DO WANNY. ŻEBY JĄ WYCIĄGNĄĆ, BĘDZIE MUSIAŁ SIĘ ZANURZYĆ, CHA, CHA! JESTEM GENIALNY, NIE?!
Roba
763 B

KIEROWCY CIĘŻARÓWEK SĄ MILI

SŁUCHAJCIE, DŁUGO JESZCZE MAM CZEKAĆ?! POTRZEBUJĘ WASZEJ POMOCY!
KOCHANIE, TROCHĘ CIERPLIWOŚCI. POMAGAM PTYSIOWI ROZWIĄZAĆ ZADANIE Z MATEMATYKI... A NIE JEST ŁATWE...
JUŻ TRZY KWADRANSE! WIEM, ŻE ŻADEN Z NICH NIE JEST EINSTEINEM, ALE TO TRWA ZDECYDOWANIE ZA DŁUGO!
ROBÓTKI
NAPRAWDĘ PRZESADZAJĄ!
765 A
A MOŻE CHCECIE KALKULATOR?
NIEDŁUGO ROZWIĄŻEMY ZADANIE, JEŚLI PRZESTANIESZ NAM CIĄGLE PRZESZKADZAĆ!
I JESZCZE PÓŁ GODZINY PÓŹNIEJ...
MAM TEGO DOŚĆ!
JEŚLI POCIĄG WYRUSZY ZE STACJI „A" O 16:18, A W TYM SAMYM CZASIE INNY POCIĄG WYRUSZY ZE STACJI „B", TO KIEDY, PRZY UMIARKOWANYM WIETRZE...
Roba 765B

CUDOWNE LEKARSTWO

UFF, SKOŃCZYŁEM RAPORT... TERAZ MUSZĘ PRZEPISAĆ GO W TRZECH EGZEMPLARZACH I WYSŁAĆ POCZTĄ.
CO TO?!
TRRR
SPOKOJNIE, TYLKO SPOKOJNIE... MUSI BYĆ JAKIEŚ RACJONALNE WYTŁUMACZENIE, SKĄD DŻEM TRUSKAWKOWY WZIĄŁ SIĘ W MASZYNIE DO PISANIA...
NAJPIERW TRZEBA NAPCHAĆ SPORO DŻEMU...
...PÓŹNIEJ WŁOŻYĆ NIEZBYT GRUBY TOST, PRZEKRĘCIĆ TUTAJ... I JUŻ!
PRAKTYCZNE, NIE? TO NAJLEPSZA MASZYNA DO ROZSMAROWYWANIA DŻEMU, JAKĄ WIDZIAŁEM!
POTEM...
CZY TO BYŁ POWÓD, ŻEBY ICH UKARAĆ? PRZECIEŻ TY TEŻ LUBISZ DŻEM TRUSKAWKOWY! A POZA TYM TO DOWODZI INTELIGENCJI PTYSIA, PRAWDA? NIE DOCENIASZ TEGO?
NIE. I WYNALAZCA MASZYNY TEŻ NIE!

POMOCNIK MECHANIKA

JEAN ROBA

Ptyś i Bill

NIEZNOŚNY BILL

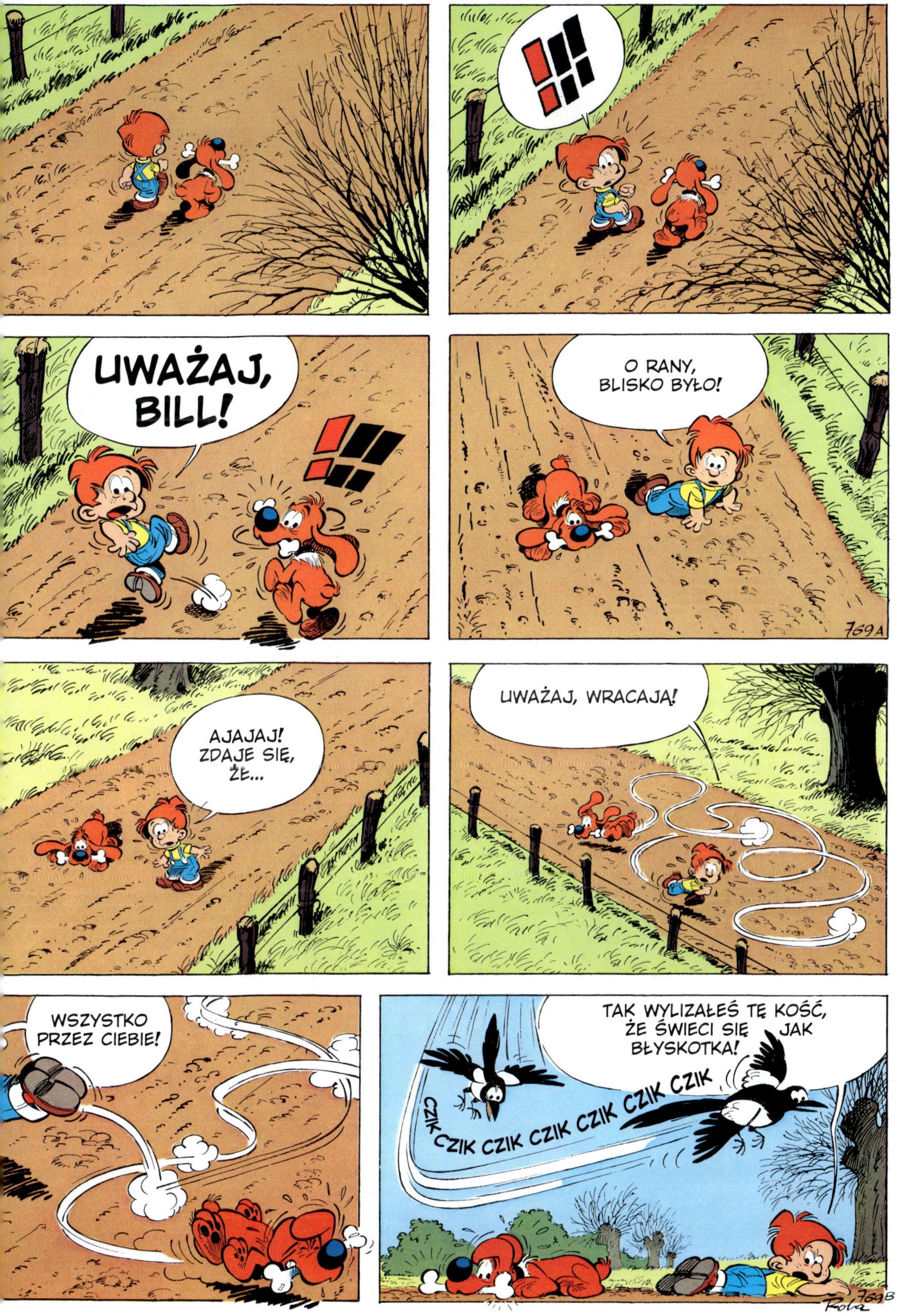

UWAŻAJ, BILL!
O RANY, BLISKO BYŁO!
769 A
AJAJAJ! ZDAJE SIĘ, ŻE...
UWAŻAJ, WRACAJĄ!
WSZYSTKO PRZEZ CIEBIE!
TAK WYLIZAŁEŚ TĘ KOŚĆ, ŻE ŚWIECI SIĘ JAK BŁYSKOTKA!
CZIK CZIK CZIK CZIK CZIK CZIK CZIK
769 B
Roba

WAŻNY POWÓD

TATO, DLACZEGO TRZEBA SIĘ GOLIĆ, KIEDY JEST SIĘ DUŻYM?
POCAŁUJ MNIE W POLICZEK!
OJ, KŁUJE!
TERAZ JUŻ ROZUMIESZ.
PÓŹNIEJ...
CMOK
ŁAAAJ!
TO NIE BYŁO GRZECZNE!
KŁUJESZ! MUSZĘ CIĘ OGOLIĆ!
ŁIII!

TO DA WIĘCEJ?

KAPITAN! CHODŹ TUTAJ, KOTECZKU! ZOBACZ, CO MAMUSIA CI PRZYNIOSŁA!
SPÓJRZ, SKARBIE. TO WSZYSTKO DLA CIEBIE!
MRRRAU!
JESTEŚ PIESZCZOSZKIEM MAMUSI, KOTECZKU. PRAWDA, ŻE JESTEŚ PIESZCZOSZ- KIEM MAMUSI?
MRAU! MNIAM! CHRUP!
MASZ SZCZĘŚCIE, ŻE MIESZKASZ U MAMUSI, KOTECZKU. JAK POMY- ŚLĘ, ŻE MÓGŁBYŚ TRAFIĆ DO TAKICH JEDNYCH, KTÓRYCH ZNAM...
NA PEWNO NIE DALIBY CI TAK PIĘKNEGO KAWAŁKA ŚWIEŻEJ WĄTRÓBKI. KRWAWEGO, PEŁNEGO HEMOGLOBINY I BIAŁKA!
BILL! CHODŹ, PIESECZKU!
SPÓJRZ, CO TATUŚ MA DLA CIEBIE! PIĘKNĄ KOSTECZKĘ PEŁNĄ ŻÓŁCIUTKIEGO SZPIKU! CZYSTA ROZKOSZ! SĄ NA NIEJ JESZCZE KAWAŁECZKI KREMOWEGO TŁUSZCZYKU I APETYCZNE CHRZĄSTKI!
ŁAF!

SEN ZIMOWY

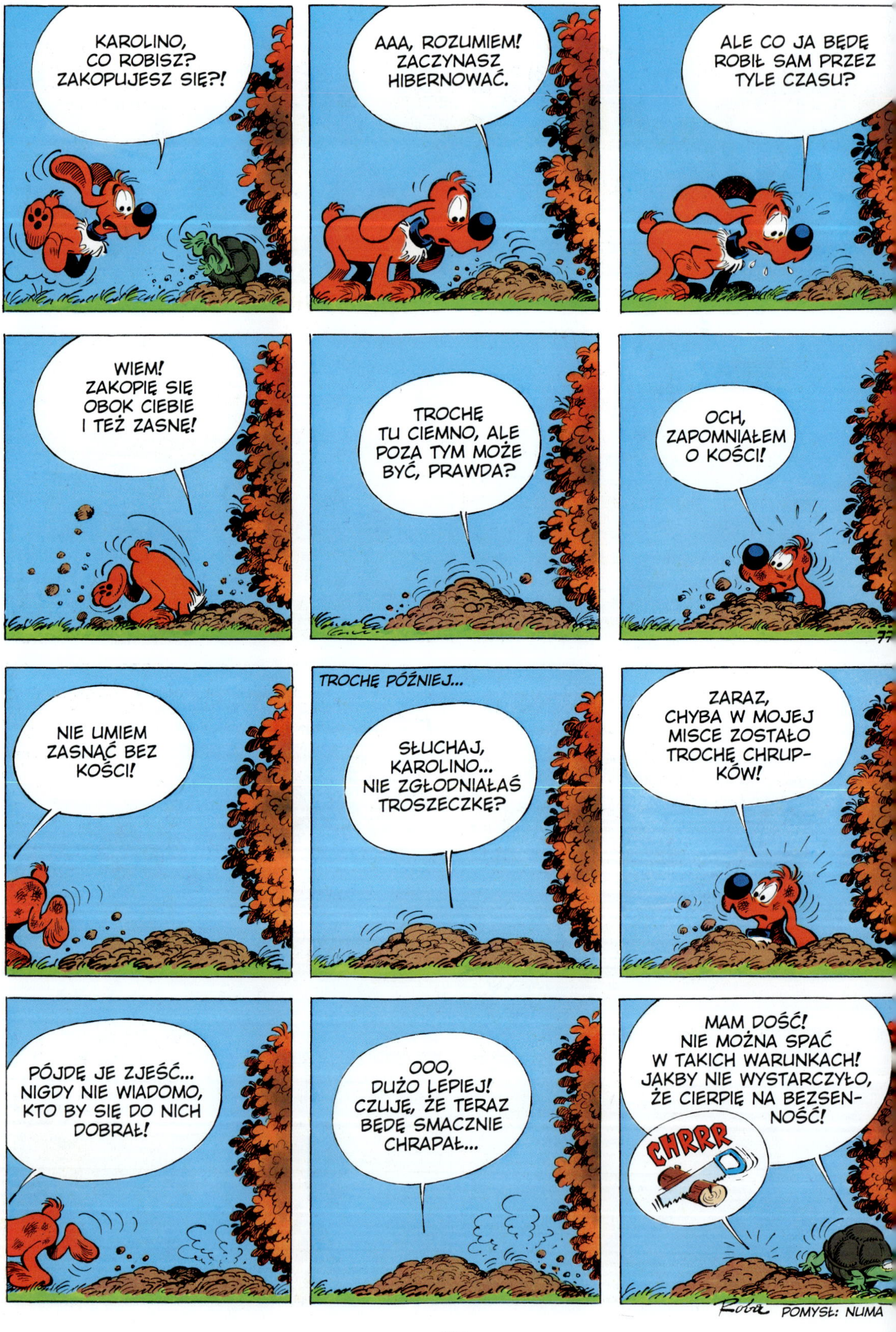
KAROLINO, CO ROBISZ? ZAKOPUJESZ SIĘ?!
AAA, ROZUMIEM! ZACZYNASZ HIBERNOWAĆ.
ALE CO JA BĘDĘ ROBIŁ SAM PRZEZ TYLE CZASU?
WIEM! ZAKOPIĘ SIĘ OBOK CIEBIE I TEŻ ZASNĘ!
TROCHĘ TU CIEMNO, ALE POZA TYM MOŻE BYĆ, PRAWDA?
OCH, ZAPOMNIAŁEM O KOŚCI!
NIE UMIEM ZASNĄĆ BEZ KOŚCI!
TROCHĘ PÓŹNIEJ...
SŁUCHAJ, KAROLINO... NIE ZGŁODNIAŁAŚ TROSZECZKĘ?
ZARAZ, CHYBA W MOJEJ MISCE ZOSTAŁO TROCHĘ CHRUP-KÓW!
PÓJDĘ JE ZJEŚĆ... NIGDY NIE WIADOMO, KTO BY SIĘ DO NICH DOBRAŁ!
OOO, DUŻO LEPIEJ! CZUJĘ, ŻE TERAZ BĘDĘ SMACZNIE CHRAPAŁ...
MAM DOŚĆ! NIE MOŻNA SPAĆ W TAKICH WARUNKACH! JAKBY NIE WYSTARCZYŁO, ŻE CIERPIĘ NA BEZSEN-NOŚĆ!
CHRRR
Roba
POMYSŁ: NUMA

KIEPSKI POCZĄTEK DNIA

WSPÓLNA KOLACJA

NIE RUSZAJ SIĘ. ZROBIĘ CI ZDJĘCIE MOIM NOWYM POLAROIDEM.
PATRZ! ZDJĘCIE ZARAZ WYJDZIE... WIDZISZ, JAK WYCHODZI?
KLIK! DZYNG! DZZZZZ...
I GOTOWE! APARAT DRUKUJE ZDJĘCIA NA TWOICH OCZACH!
ŁAAAŁ! NIESAMOWITE!
A TERAZ SFOTOGRAFU-JĘ BILLA.
?
775 A
ZBLIŻENIE... PIĘKNIE WYJDZIE!
A TO CO TAKIEGO?!
BILL, UŚMIECHNIJ SIĘ SZERZEJ! PRZYGO-TUJ SIĘ...
KLIK! DZYNG! DZZZZZ...
OJEJ! CZEMU ZDJĘCIE SIĘ NIE WYDRUKOWAŁO?!
NIE ROZU-MIEM! COŚ SIĘ STAŁO!
IDĘ SIĘ ROZMÓWIĆ ZE SPRZEDAWCĄ!
TA MASZYNA FAJNIE BZYCZY, ALE TO, CO Z NIEJ WYCHODZI, SMAKUJE PASKUDNIE!
BEK!
775 B

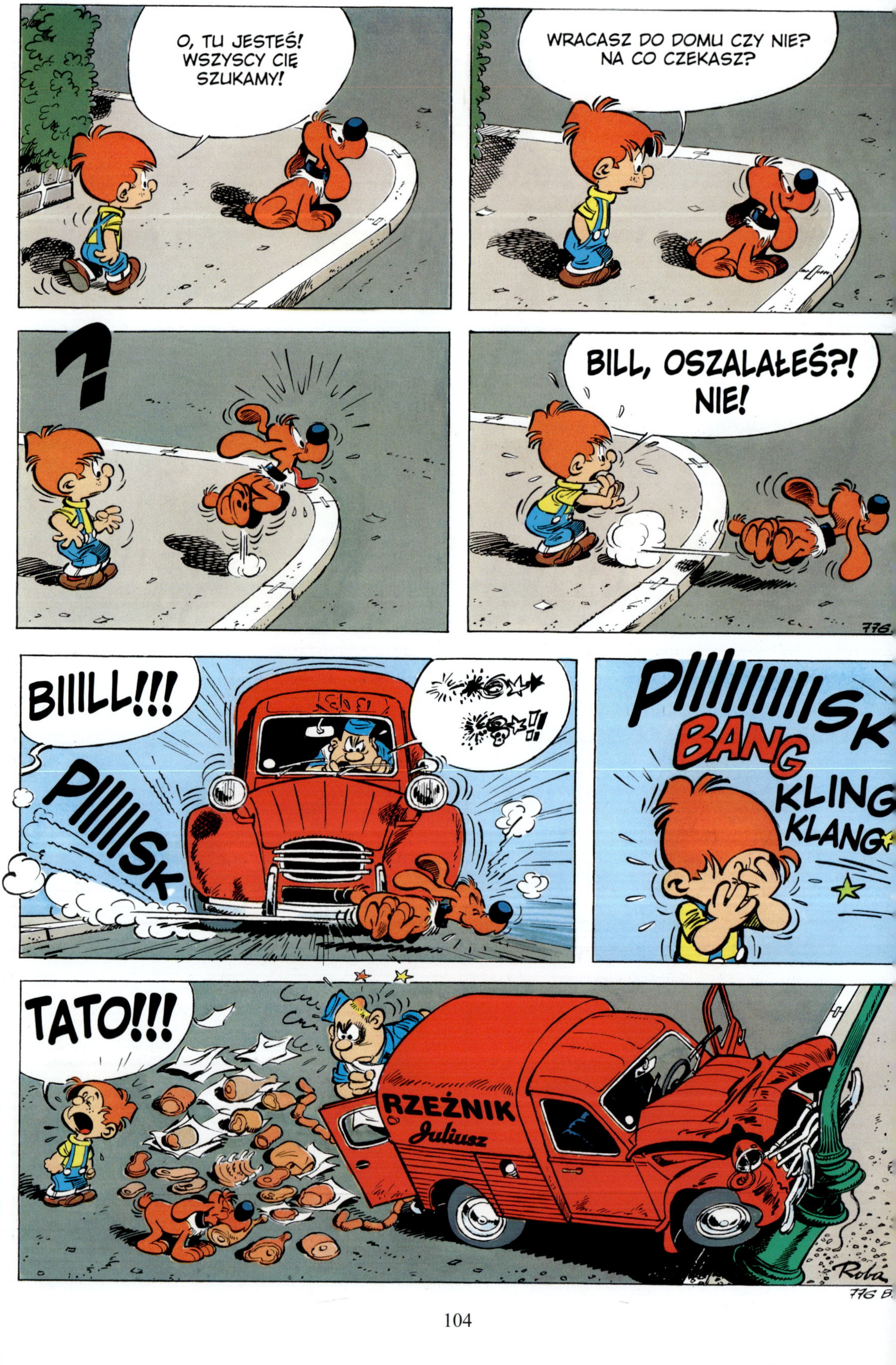
O, TU JESTEŚ! WSZYSCY CIĘ SZUKAMY!
WRACASZ DO DOMU CZY NIE? NA CO CZEKASZ?
?
BILL, OSZALAŁEŚ?! NIE!
776
BIIILL!!!
PIIIISK
PIIIIIIIISK
BANG
KLING
KLANG
TATO!!!
RZEŹNIK
Juliusz
Roba
776 B

LUDZIE MAJĄ OBSESJĘ NA PUNKCIE RZUCANIA NAM PATYKÓW...
ALE OCZYWIŚCIE BYWAJĄ TEŻ MILI LUDZIE, A DZIŚ JESTEM W DOBRYM HUMORZE.
CZASAMI MOŻNA DOSTAĆ SMAKOŁYK...
CHRUP CHRUP GRYZ
...ALBO COŚ SŁODKIEGO...
777 A
JEDNAK NIEKTÓRZY PRZESADZAJĄ Z WIELKOŚCIĄ KIJÓW!
Roba
777 B

SĄ TAKIE DNI...

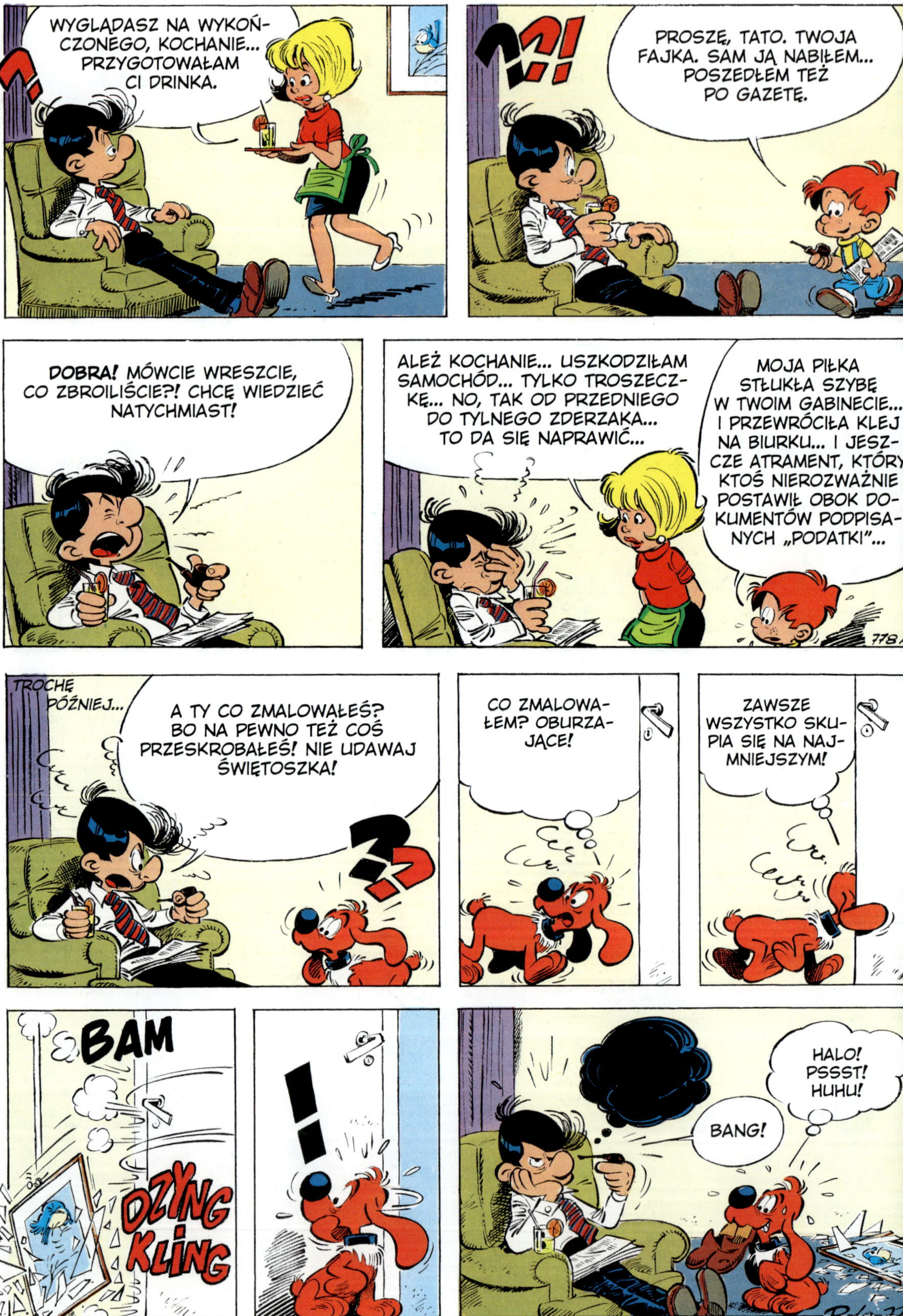

?!
WYGLĄDASZ NA WYKOŃCZONEGO, KOCHANIE... PRZYGOTOWAŁAM CI DRINKA.
??!
PROSZĘ, TATO. TWOJA FAJKA. SAM JĄ NABIŁEM... POSZEDŁEM TEŻ PO GAZETĘ.
DOBRA! MÓWCIE WRESZCIE, CO ZBROILIŚCIE?! CHCĘ WIEDZIEĆ NATYCHMIAST!
ALEŻ KOCHANIE... USZKODZIŁAM SAMOCHÓD... TYLKO TROSZECZKĘ... NO, TAK OD PRZEDNIEGO DO TYLNEGO ZDERZAKA... TO DA SIĘ NAPRAWIĆ...
MOJA PIŁKA STŁUKŁA SZYBĘ W TWOIM GABINECIE... I PRZEWRÓCIŁA KLEJ NA BIURKU... I JESZCZE ATRAMENT, KTÓRY KTOŚ NIEROZWAŻNIE POSTAWIŁ OBOK DOKUMENTÓW PODPISANYCH „PODATKI”...
TROCHĘ PÓŹNIEJ...
A TY CO ZMALOWAŁEŚ? BO NA PEWNO TEŻ COŚ PRZESKROBAŁEŚ! NIE UDAWAJ ŚWIĘTOSZKA!
??
CO ZMALOWAŁEM? OBURZAJĄCE!
ZAWSZE WSZYSTKO SKUPIA SIĘ NA NAJMNIEJSZYM!
BAM
DZYNG KLING
!
HALO! PSSST! HUHU!
BANG!

WYCZERPUJĄCA GRA

NIE DO ŚMIECHU...

NIE, NIE I NIE! TAK DŁUŻEJ BYĆ NIE MOŻE!
POWIEM WAM COŚ! PŁYNIEMY NA FINANSOWYM „TITANICU"!
SPÓJRZCIE NA TE WSZYSTKIE RACHUNKI!
OCIERAMY SIĘ O BUDŻETOWĄ KATASTROFĘ!
781A
W TYCH ZŁYCH CZASACH TRZEBA ZACISNĄĆ PASA!
TATA UMIE PRZEMAWIAĆ!
I PO RAZ PIERWSZY MU SIĘ ZRYMOWAŁO!
JEDNYM SŁOWEM: MUSIMY OSZCZĘDZAĆ!!!
PRZYGOTOWAŁEM LISTĘ RZECZY, KTÓRE OGRANICZYMY. PUNKT PIERWSZY...
NADAL TO SŁYSZĘ, JAKBYM TAM BYŁ... „PUNKT PIERWSZY: BILL. MNIEJ KOŚCI ZE SZPIKIEM, SMAKOŁYKÓW I TAK DALEJ"... BLA, BLA, BLA...
781B

NIUCH
NIUCH
NIUCH
782
SALA
4
CZEGO TY ODE MNIE CHCESZ?!
782 B

KWESTIA SPACERU PO LESIE JEST JUŻ PRZESĄDZONA: TATA IDZIE SAM. I JEST WŚCIEKŁY.
SPRÓBUJMY POSTAWIĆ SIĘ W JEGO SYTUACJI. NIE BYLIŚMY ZBYT MILI, ŻARTUJĄC SOBIE Z NIEGO.
PFFFRT!
A SZCZEGÓLNIE WY DWAJ... RECHOTALIŚCIE JAK OPĘTANI!
HAU, HAU! ŁAF, ŁAF!
BILL WCIĄŻ TARZA SIĘ ZE ŚMIECHU!
NIE MOGĘ SIĘ POWSTRZYMAĆ! CHA, CHA!
783A
ALE TO TAKŻE WINA TATY. KTO WIDZIAŁ, ŻEBY UBIERAĆ SIĘ W TEN SPOSÓB?!
I JESZCZE JAKI BYŁ UPARTY! TŁUMACZYŁAM, ŻE W JEGO WIEKU TO WYGLĄDA CUDACZNIE, ALE NIC DO NIEGO NIE DOCIERAŁO!
CHO, CHO, CHO!
CHŁE, CHŁE!
NAPRAWDĘ UWAŻAM, ŻE NIE MA LEPSZEGO STROJU NA SPACER PO LESIE!
783B

COŚ ZA COŚ

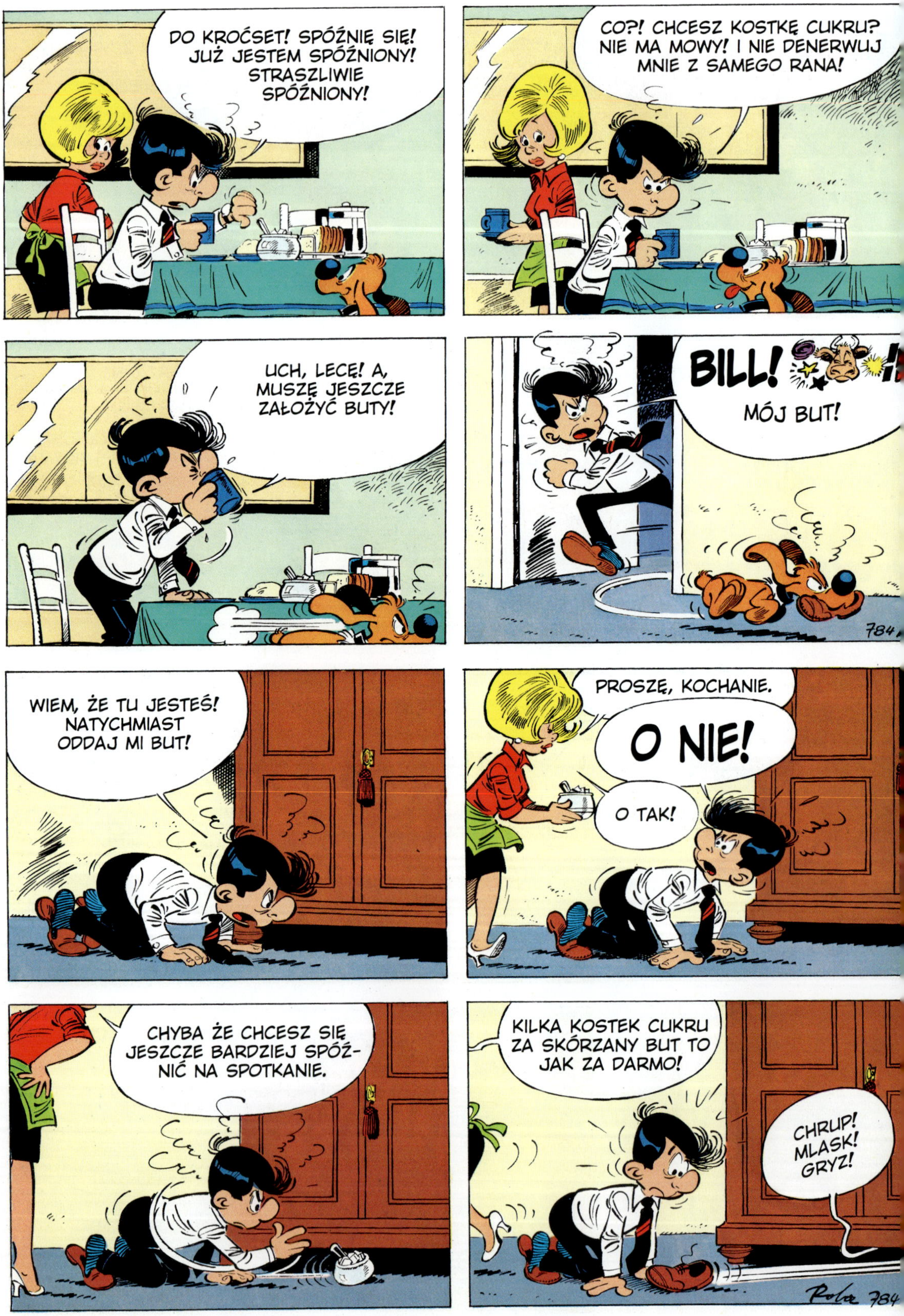
DO KROĆSET! SPÓŹNIĘ SIĘ! JUŻ JESTEM SPÓŹNIONY! STRASZLIWIE SPÓŹNIONY!
CO?! CHCESZ KOSTKĘ CUKRU? NIE MA MOWY! I NIE DENERWUJ MNIE Z SAMEGO RANA!
UCH, LECĘ! A, MUSZĘ JESZCZE ZAŁOŻYĆ BUTY!
BILL!
MÓJ BUT!
784
WIEM, ŻE TU JESTEŚ! NATYCHMIAST ODDAJ MI BUT!
PROSZĘ, KOCHANIE.
O NIE!
O TAK!
CHYBA ŻE CHCESZ SIĘ JESZCZE BARDZIEJ SPÓŹ-NIĆ NA SPOTKANIE.
KILKA KOSTEK CUKRU ZA SKÓRZANY BUT TO JAK ZA DARMO!
CHRUP! MLASK! GRYZ!
Roba 784

WIDZISZ, BILL, JEŚLI CHCEMY, ŻEBY UROSŁY, MUSIMY JE PODLEWAĆ.
TATO, PATRZ! MAM PESTKĘ BRZOSKWINI!
MYŚLISZ, ŻE MOGĘ JĄ ZASADZIĆ?
OCZYWIŚCIE. PRZY ODROBINIE SZCZĘŚCIA I ODPOWIEDNIEJ OPIECE WYROŚNIE DRZEWO BRZOSKWINIOWE.
W TAKIM RAZIE OD RAZU JĄ ZASADZĘ!
TYLKO PAMIĘTAJ O PODLEWANIU!
785A
KTO MI ZABRAŁ KONEWKĘ?!
Roba 785B

PSI DORADCA

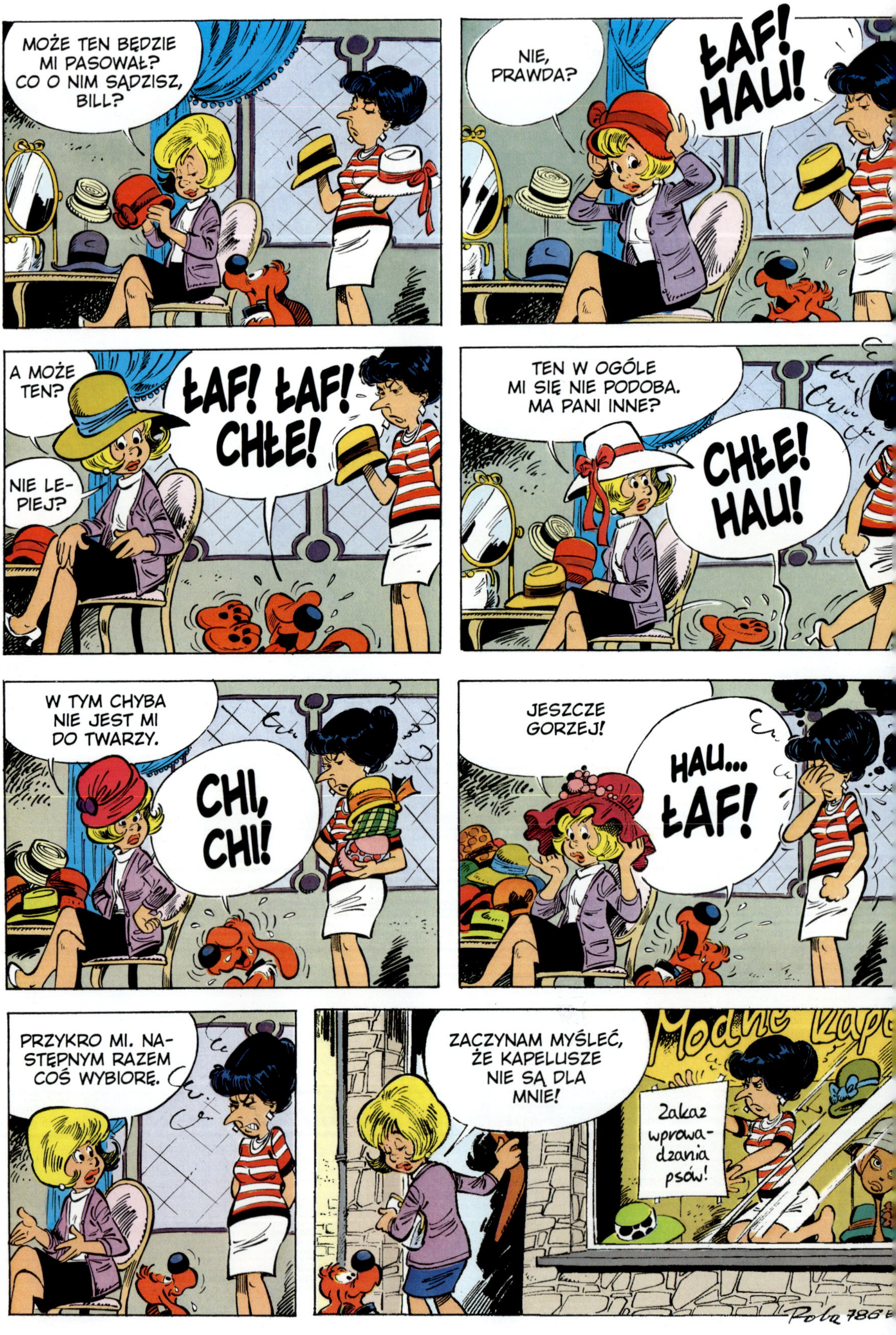
MOŻE TEN BĘDZIE MI PASOWAŁ? CO O NIM SĄDZISZ, BILL?
NIE, PRAWDA?
ŁAF! HAU!
A MOŻE TEN?
NIE LEPIEJ?
ŁAF! ŁAF! CHŁE!
TEN W OGÓLE MI SIĘ NIE PODOBA. MA PANI INNE?
CHŁE! HAU!
W TYM CHYBA NIE JEST MI DO TWARZY.
CHI, CHI!
JESZCZE GORZEJ!
HAU... ŁAF!
PRZYKRO MI. NASTĘPNYM RAZEM COŚ WYBIORĘ.
ZACZYNAM MYŚLEĆ, ŻE KAPELUSZE NIE SĄ DLA MNIE!
Zakaz wprowadzania psów!
Roba 786

TATO!
NIE MA GO W SALONIE, MUSI WIĘC BYĆ NA GÓRZE.
NIE MA GO NA GÓRZE, MUSI WIĘC BYĆ W KUCHNI.
NIE MA GO W KUCHNI...
...MUSI WIĘC BYĆ W OGRODZIE!
TAK, JEST TUTAJ! ŚWIETNIE!
AKUKU!
?!
TATO, SKORO I TAK JUŻ MAM ZIELONE RĘCE, CZY MOGĘ CI POMÓC PRZY ROŚLINACH? POWIEDZ, MOGĘ?

CUD!

EJ, PSSST!
PSIAKU, MOŻESZ MI POWIEDZIEĆ, KTÓRA GODZINA?
Z PRZYJEMNOŚCIĄ! 15:15!
DZIĘKI, JESTEŚ BARDZO MIŁY.
CHA, CHA! TEN NUMER ZAWSZE MNIE ROZŚMIESZA!
Burczybrzuch
KRÓL BRZUCHOMÓWCÓW
CUD! JA MÓWIĘ!
BLAM!
JA MÓWIĘ! MÓWIĘ!
UMIEM NAWET PODAĆ GODZINĘ!
DLACZEGO TAK UPORCZYWIE WSKAZUJESZ NA ZEGAR?
O JEJKU...
CHCESZ WIEDZIEĆ, KTÓRA GODZINA? 15:45. I NIE, NIE MOŻESZ ZJEŚĆ KUKUŁKI!
JUŻ NIE MÓWIĘ!
A PRZECIEŻ MÓWIŁEM! MÓWIŁEM!
BUM! BUM! BUM
Bill

CO ROBISZ, TATO?
PRZECIEŻ WIDZISZ. SKRZYNKĘ.
PO CO CI SKRZYNKA?
WKRÓTCE SIĘ PRZEKONASZ.
STUK! STUK! STUK!
TU JEST IDEALNE MIEJSCE NA SKRZYNKĘ.
KOCHANIE! CHODŹ ZOBACZYĆ!
??
??
CO TO ZA OKROPNA SKRZYNKA?!
OTO BRAK ZROZUMIENIA!
789A
MUSISZ WIEDZIEĆ, KOCHANIE, ŻE TA „OKROPNA SKRZYNKA”, JAK SIĘ WYRAZIŁAŚ, NIE JEST ZWYKŁĄ SKRZYNKĄ... TO SKRZYNKA NA SUGESTIE!
UWAŻAM, ŻE INSTYTUCJA RODZINY POWINNA BYĆ ZARZĄDZANA W PODOBNY SPOSÓB JAK SPÓŁKA AKCYJNA – PRZEZ WSZYSTKICH UDZIAŁOWCÓW. OD TEJ PORY, JEŚLI TYLKO BĘDZIECIE MIELI JAKIEŚ SUGESTIE...
...CO DO POPRAWY FUNKCJONOWANIA DOMU, WRZUCAJCIE JE DO SKRZYNKI. CO TYDZIEŃ PROPOZYCJE BĘDĄ ANALIZOWANE.
?
?
TYDZIEŃ PÓŹNIEJ...
NO TAK...
!!!
Roba 789B.

MA CHORE USZY, ALE TO NIC POWAŻNEGO. I PROSZĘ PAMIĘTAĆ: TRZY KROPLE DO KAŻDEGO UCHA DWA RAZY DZIENNIE.
DZIĘKUJĘ, DOKTORZE. DO WIDZENIA.
DRRRYŃ DRRRYŃ
OJEJ, TELEFON! POTRZYMASZ TO PRZEZ CHWILKĘ?
NIE RUSZAJ SIĘ. NAJPIERW W TO UCHO TRZY KROPLE. JEDNA... DRUGA... I TRZECIA.
KAP KAP KAP
AJ, ALE ŁASKOCZE!
TO BYŁA POMYŁKA. PODAJ MI KROPLOMIERZ.
CO TO JA ROBIŁEM? A TAK, PRAWE UCHO. NIE RUSZAJ SIĘ, BILL. JEDNA...
...DRUGA... I TRZECIA.
TATO! TE KROPLE WYCIEKAJĄ DRUGIM UCHEM!
CO TY OPOWIADASZ? PRZECIEŻ TO NIEMOŻLIWE!
SAM SPRÓBUJ!
OJEJ, TO PRAWDA!
!
NIC NIE WYMYŚLAM, DOKTORZE! ZAPEWNIAM PANA! JAK PAN TO WYJAŚNI?
OCH, WIE PAN, USZY SPANIELI WCIĄŻ SĄ DLA NAUKI TAJEMNICĄ... JAK WIDAĆ NIEZGŁĘBIONĄ!
CO MOŻEMY ZROBIĆ? ACH... DOBRZE, DAMY SOBIE SPOKÓJ Z KROPLAMI... TAK... OJ, BĘDZIE TRUDNO, ALE SPRÓBUJĘ TO ZROBIĆ.
BILL, WRACAJ!
NIE MA MOWY! NIE CIERPIĘ CZOPKÓW!
CAUVIN

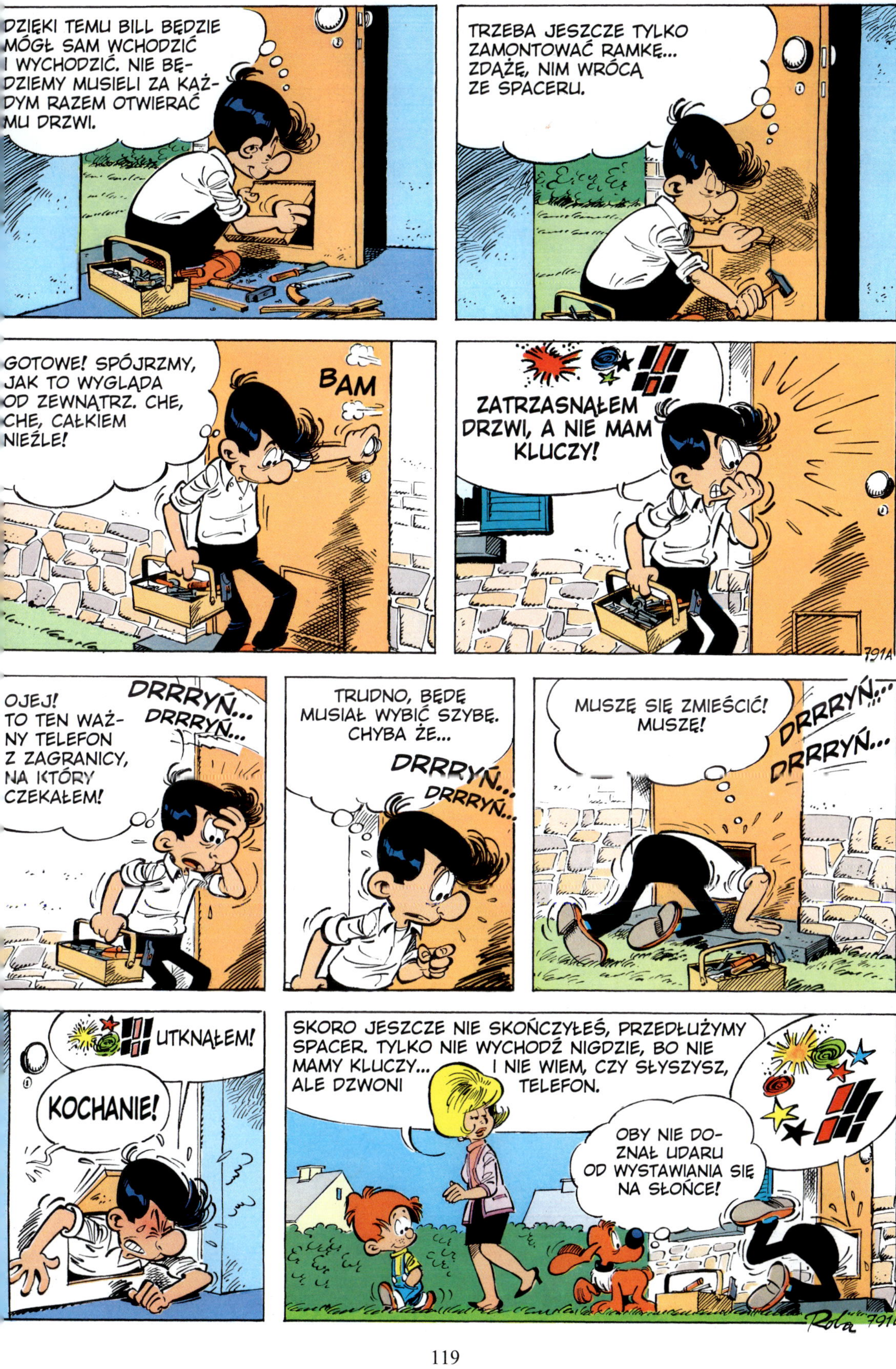
DZIĘKI TEMU BILL BĘDZIE MÓGŁ SAM WCHODZIĆ I WYCHODZIĆ. NIE BĘDZIEMY MUSIELI ZA KAŻDYM RAZEM OTWIERAĆ MU DRZWI.
TRZEBA JESZCZE TYLKO ZAMONTOWAĆ RAMKĘ... ZDĄŻĘ, NIM WRÓCĄ ZE SPACERU.
GOTOWE! SPÓJRZMY, JAK TO WYGLĄDA OD ZEWNĄTRZ. CHE, CHE, CAŁKIEM NIEŹLE!
BAM
ZATRZASNĄŁEM DRZWI, A NIE MAM KLUCZY!
791A
OJEJ! TO TEN WAŻNY TELEFON Z ZAGRANICY, NA KTÓRY CZEKAŁEM!
DRRRYŃ... DRRRYŃ...
TRUDNO, BĘDĘ MUSIAŁ WYBIĆ SZYBĘ. CHYBA ŻE...
DRRRYŃ... DRRRYŃ...
MUSZĘ SIĘ ZMIEŚCIĆ! MUSZĘ!
DRRRYŃ... DRRRYŃ...
UTKNĄŁEM!
KOCHANIE!
SKORO JESZCZE NIE SKOŃCZYŁEŚ, PRZEDŁUŻYMY SPACER. TYLKO NIE WYCHODŹ NIGDZIE, BO NIE MAMY KLUCZY... I NIE WIEM, CZY SŁYSZYSZ, ALE DZWONI TELEFON.
OBY NIE DOZNAŁ UDARU OD WYSTAWIANIA SIĘ NA SŁOŃCE!
Roba 791B.

SZTUCZKI

DOSKONALE! TERAZ DORZUCĘ ŁYŻECZKĘ!
EJ, UWAŻAJ!
STRASZNIE DELIKATNE...
PTYSIU, CO TAM ROBISZ?!
TRZASK
BRZDĘK
AJAJA-JAJ!
CZTERY SPODECZKI I CZTERY FILIŻANKI! BRAWO! TATA NATRZE WAM USZU!
JUŻ JA WAS ODUCZĘ NUMERÓW CYRKOWYCH! MARSZ DO SWOJEGO POKOJU! ALE NAJPIERW... ZACZEKAJCIE!
UHUHU... TO NIE PRZE-LEWKI...
PROSZĘ, MASZ KSIĄŻKI FENIMORE'A COOPERA, JACKA LONDONA, TEOFILA GAUTIERA, STEVENS
NA, WALTERA SCOTTA I INNYCH AUTORÓW. JAK BYŁEM MAŁY, CZYTAŁEM KSIĄŻKI, A NIE PRÓBOWAŁEM ROBIĆ CYRKOWE SZTUCZKI!
RACZEJ ZAPAMIĘTAJĄ TĘ NAUCZKĘ!
MAM NADZIEJĘ, ŻE TO GO ROZ-BAWI!
NIE, BILL! NIE!

HAU! HAU!
HAU!
EJ!
?!
BILL OSZALAŁ CZY CO?!
NIE WIEM, CZEMU TAK SIĘ ZACHOWUJE. PRZEMKNĄŁ PRZEZ DOM JAK HURAGAN!
WIDZIELIŚCIE, JAK POLECIAŁ? CO MU SIĘ STAŁO?
Y TEŻ SIĘ ASTANAWIAMY... OŻE POWIEDZIA- EŚ COŚ, CO ROZZŁO- CIŁO?
SKĄDŻE! LEŻAŁ TUŻ PRZY MNIE. SŁUCHAŁEM INFORMACJI W RADIU...
...A GDY ZACZĘTO MÓWIĆ O MANIFESTACJI... SAM JUŻ NIE PAMIĘTAM, KTO DZIŚ PROTESTUJE... WYSTRZELIŁ JAK Z PROCY. CHYBA CHODZIŁO O...
RANY JULEK!
RZĄD NA HAK!
NIE JESTEŚMY BYDŁEM!
NIE PRZEROBICIE NAS NA KASZANKĘ!
NIE ZEDRZECIE Z NAS SKÓRY!
RZEŹNICY NIE PÓJDĄ NA RZEŹ!
Roba 793B

NAPRAWDĘ WYSOKA KARA

PTYSIU, POMÓŻ MI WSZYSTKO SCHOWAĆ! NADCIĄGA BURZA!
SZYBKO POZBIERAJ PODUSZKI!
ZOSTAŁ JESZCZE MATERAC DMUCHANY I PRANIE!
MOJA RAKIETA!
CHYBA MAMY JUŻ WSZYSTKO! OJ, ZARAZ LUNIE!
795A
A TY CZEMU TAK SIEDZISZ? CHCESZ, ŻEBY ZASKOCZYŁA CIĘ ULEWA?
O CO CI CHODZI? ZAPOMNIELIŚMY O CZYMŚ?
NO NIE!
ŻARTUJESZ? CHYBA NIE KAŻESZ NAM TEGO SCHOWAĆ?!
TAK!
MYŚLĘ, ŻE NOE MUSIAŁ MIEĆ SPANIELA!
BILL
795B

SPADAJĄCE GWIAZDY

KLIK
UWAGA! ZAWODNICY ZAJĘLI POZYCJE. ZARAZ RUSZĄ. WYSTARTOWALI!
BLUE DEVIL OD RAZU WYSUNĄŁ SIĘ NA PROWADZENIE! TUŻ ZA NIM SĄ SŁODKA TRZPIOTKA I MISTER LOU. BLUE DEVIL UTRZYMUJE PRZEWAGĘ!
WCHODZĄ W OSTATNI ZAKRĘT! BLUE DEVIL WCIĄŻ NA CZELE! CZY WYTRZYMA NA OSTATNIEJ PROSTEJ? NIE WIADOMO, GDYŻ OTO YELLOW BIRD ZACZYNA OBIEGAĆ CAŁĄ STAWKĘ!
DO METY JUŻ BARDZO BLISKO! YELLOW BIRD ZRÓWNAŁ SIĘ Z BLUE DEVILEM, KTÓRY TRACI SIŁY! WYPRZEDZA GO TAKŻE SŁODKA TRZPIOTKA! YELLOW BIRD MA WSPANIAŁY FINISZ! BLUE DEVIL ZOSTAJE W TYLE! PIERWSZY YELLOW BIRD, DRUGA SŁODKA TRZPIOTKA, TRZECI MISTER LOU...
BUUUHUHUUU!
A JA POSTAWIŁEM DZIESIĘĆ KOŚCI NA BLUE DEVILA!

WYRECYTOWANE Z PAMIĘCI

* HASŁO ZE SŁOWNIKA *JĘZYKA POLSKIEGO PWN*, WARSZAWA 1999

** JEAN DE LA FONTAINE, *KRUK I LIS*, TŁUM. IGNACY KRASICKI, W: *BAJKI. WYBÓR*, WARSZAWA 1971 (PRZYP. TŁUM.)

DING DONG!
SPRAWDZĘ, KTO TO.
JA... JA... JAK SIĘ MASZ?
DURSKI, CO CIĘ SPROWADZA?
BY... BY... BYŁEM W OKOLICY, PRZECHODZIŁEM OBOK I...
ŚWIETNIE ZROBIŁEŚ, WEJDŹ!
PO... PO... POMYŚLAŁEM, ŻE WPA... WPA... WPADNĘ SIĘ PRZY... PRZY...
USIĄDŹ, NAPIJESZ SIĘ CZEGOŚ?
...PRZYWITAĆ. NIE... NIE CHCIAŁBYM CI PRZE... PRZESZKADZAĆ.
ALEŻ SKĄD! ZACZEKASZ CHWILECZKĘ? PÓJDĘ PO ŻONĘ. POZNASZ CAŁĄ MOJĄ RODZINĘ.
799A.
SŁUCHAJCIE, PRZYSZEDŁ MÓJ KOLEGA DURSKI. CHODŹCIE SIĘ PRZYWITAĆ. ALE OSTRZEGAM, ŻE MA LEKKĄ WADĘ WYMOWY, TO ZNACZY... JĄKA SIĘ.
JEST PRZEWRAŻLIWIONY NA TYM PUNKCIE, WIĘC NIE DAJCIE NIC PO SOBIE POZNAĆ I UNIKAJCIE SŁÓW TYPU „TITICACA, KAKAO, KOKON, TOTOLOTEK”...
KOCHANIE, PRZEDSTAWIAM CI DURSKIEGO.
U... U... USZANOWANIE!
OTO MÓJ SYN PTYŚ.
WI... WI... WITAJ.
A TO BILL.
TO... TO... TO CHYBA SPA... SPANIEL.
HA... HA... HAU!
NIE... NIE... NIE CIERPIĘ, GDY SIĘ MNIE WY... WY... WYŚMIEWA!
ALEŻ, DURSKI, NIE OBRAŻAJ SIĘ!
Roba 1993.

NIEŁAD-
NIE!
OJEJ, COŚŚŚ SŁEGO SIĘ SE MNĄ CIEJE...
ICZK!
radio
UPS!
!
OCH, MOI KOLECY... ICZK! JAK DOBSZE, SZE SĄ LATARNIE, PRAFDA? ICZK!
FYGLĄDACIE NA PSZYSFOITYCH, POPROSZĘ FAS FIĘC O MALEŃKĄ PSZYSŁUGĘ... ICZK!
PROSZĘ, FEŚCIE POFĄCHAJCIE GO MNIE DO DOMU...
MÓJ KAPELUSZ, I SAPROFAĆCIE ICZK!
SROBICIE TO? TAAAK? ICZK! FIECIAŁEM, SZE MIŁE Z FAS PSIAKI...
OCH... ICZK! MUSZĘ POFIE-CIEĆ, SZE FY DFAJ SZYBKO SNAJDUJECIE TROP!
ALE... ICZK! TO NIE MÓJ DOM! CHYBA SZE SIĘ BARCO SMIENIŁ... ICZK! OJEJ...
ANONIMOWI ALKOHOLICY
TRZYMAJ SIĘ TEGO
Roba

?!
HAUUU!
NIUCH!
TWÓJ PIES ZBZIKOWAŁ!
NIE, MUSIAŁ ZŁAPAĆ JAKIŚ TROP. CHODŹMY ZA NIM.
TROP CZEGO?
NIE WIEM. DOWIEMY SIĘ NA KOŃCU DROGI.
PROWADZI NAS DO SKARBU?
MOŻE, KTO WIE!
DZYYYNG
BANG
KLONG
801 A
ALBO TO TROP NIEBEZPIECZNEGO GANGSTERA!
WTEDY W GAZETACH BĘDZIE TWOJE ZDJĘCIE!
W KAŻDYM RAZIE TO TRUDNA DROGA!
NIE NARZEKAJ! MINA BILLA ŚWIADCZY, ŻE CEL NA PEWNO JEST TEGO WART!
ZNAM MOJEGO PSA!
?!
!!
801 B

PO WEEKENDZIE

CHRRR
NIUCH NIUCH! NIUCH!
?
!
808A
PLUSK!
ZNOWU ZASNĄŁEŚ Z ZAPALONĄ FAJKĄ!
Roba
803 B
IDÉE R.C.

PRZECZYTAM WAM COŚ: „PIES ZNALAZŁ SWOICH WŁAŚCICIELI NIEPRZYTOMNYCH. JEGO SZCZEKANIE ZAALARMOWAŁO SĄSIADÓW, A CI POWIADOMILI ODPOWIEDNIE SŁUŻBY, DZIĘKI CZEMU URATOWANO CAŁĄ RODZINĘ, KTÓRA ZATRUŁA SIĘ TLENKIEM WĘGLA".
MAM POMYSŁ! BILL NIEDŁUGO WRÓCI ZE SPACERU, POSŁUCHAJCIE WIĘC, CO ZROBIMY.
?
SKORO WSZYSCY ZASNĘLI, CZEMU I JA NIE MIAŁBYM UCIĄĆ SOBIE KRÓTKIEJ DRZEMKI?
!
!
!
Roba 804 B

EKHE, KHY, EKHE! NIE MA WĄTPLIWOŚCI – KOMINEK JEST ZATKANY!
JUŻ STO RAZY PROSIŁAM, ŻEBYŚ WEZWAŁ KOMINIARZA!
MASZ RACJĘ. WEZWĘ GO NATYCHMIAST!
BILL, CO SIĘ DZIEJE?!
WYJAŚNIĘ CI PÓŹNIEJ. NA RAZIE MUSZĘ JAK NAJSZYBCIEJ ZNALEŹĆ SIĘ DALEKO STĄD!
PÓŹNIEJ...
KOMINIASZ, DO USSSŁUG... FSYFALIŚCIE MNIE, PAŃSTFO? SSSO MOGĘ DLA PAŃSTFA SROBIĆ?
805A
AAA, ROSUMIEM. !!! TO NA PEFNO GNIASSSDO PTAKÓF. PSZEKLĘTE PTASZYSSSKA! CIESIĘĆ LAT PRACOFAŁEM W ALSACJI, A TAM PEŁNO BOCIANÓF! DOBRA, FCHODZĘ NA DACH!
SSSTAŃCIE PAŃSTFO PRZED KOMINKIEM I KSZYCZCIE, JAKBY COŚ FYPADŁO. !!!
DOBRZE.
COŚ FYCZUFAM!
PSZEKLĘTE PTASZYSSSKA! TO NA PEFNO ICH ROBOTA!
NIC NIE FYPADŁO?
WCIĄŻ NIC! O, TERAZ CHYBA COŚ LECI...
I CO? !!! FYPADŁO? TAK CZY NIE?
BROMBROMBOM
TAK!
805B

CIUCIUBABKA

TEN PIES DOPROWADZA MNIE DO SZAŁU! SIEDZI TU OD GODZINY!
ROZUMIEM. NA PANA MIEJSCU TEŻ BYM SIĘ NIEPOKOIŁ.
ZNAM TEGO KUNDLA. JEST BARZO SPRYTNY. NA PEWNO COŚ MI UKRADNIE!
MY, SPRZEDAWCY WARZYW, NIE MAMY TAKICH PROBLEMÓW!
807A
DENERWUJESZ MNIE! SŁYSZYSZ?! DENERWUJESZ MNIE!
JULIANIE, TELEFON!
DOBRZE, JUŻ IDĘ!
?
ŚWIEŻUTKA SAŁATA, PRAWDA? NAJWAŻNIEJSZE TO ZNALEŹĆ SKLEP MIĘSNY OBOK WARZYWNIAKA!
Roba 807B.

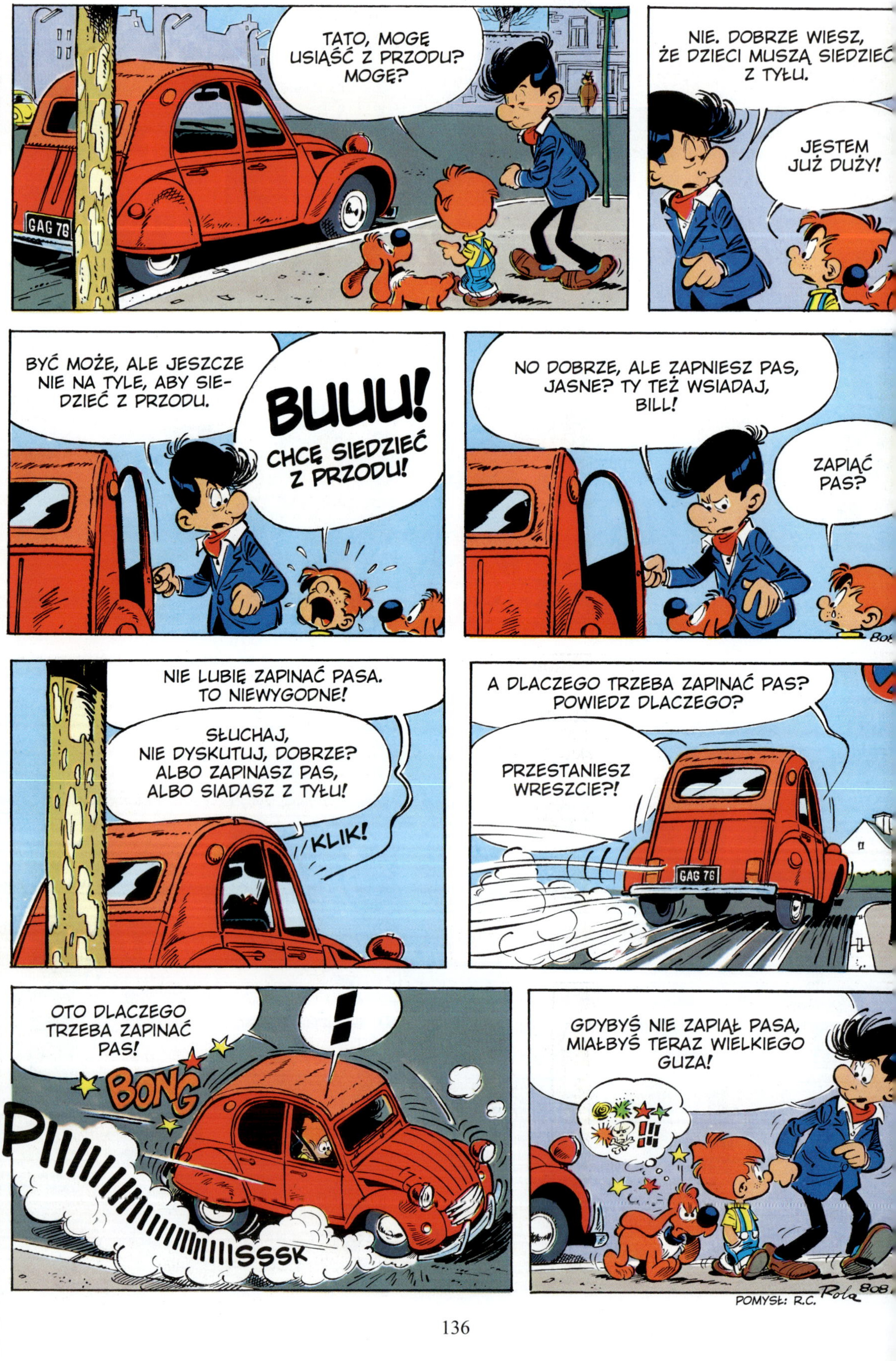
TATO, MOGĘ USIĄŚĆ Z PRZODU? MOGĘ?
GAG 76
NIE. DOBRZE WIESZ, ŻE DZIECI MUSZĄ SIEDZIEĆ Z TYŁU.
JESTEM JUŻ DUŻY!
BYĆ MOŻE, ALE JESZCZE NIE NA TYLE, ABY SIEDZIEĆ Z PRZODU.
BUUU!
CHCĘ SIEDZIEĆ Z PRZODU!
NO DOBRZE, ALE ZAPNIESZ PAS, JASNE? TY TEŻ WSIADAJ, BILL!
ZAPIĄĆ PAS?
NIE LUBIĘ ZAPINAĆ PASA. TO NIEWYGODNE!
SŁUCHAJ, NIE DYSKUTUJ, DOBRZE? ALBO ZAPINASZ PAS, ALBO SIADASZ Z TYŁU!
KLIK!
A DLACZEGO TRZEBA ZAPINAĆ PAS? POWIEDZ DLACZEGO?
PRZESTANIESZ WRESZCIE?!
GAG 76
OTO DLACZEGO TRZEBA ZAPINAĆ PAS!
!
BONG
PIIIIIIIIIIIIIIIIIIIIISSSK
GDYBYŚ NIE ZAPIĄŁ PASA, MIAŁBYŚ TERAZ WIELKIEGO GUZA!
!!!
POMYSŁ: R.C.

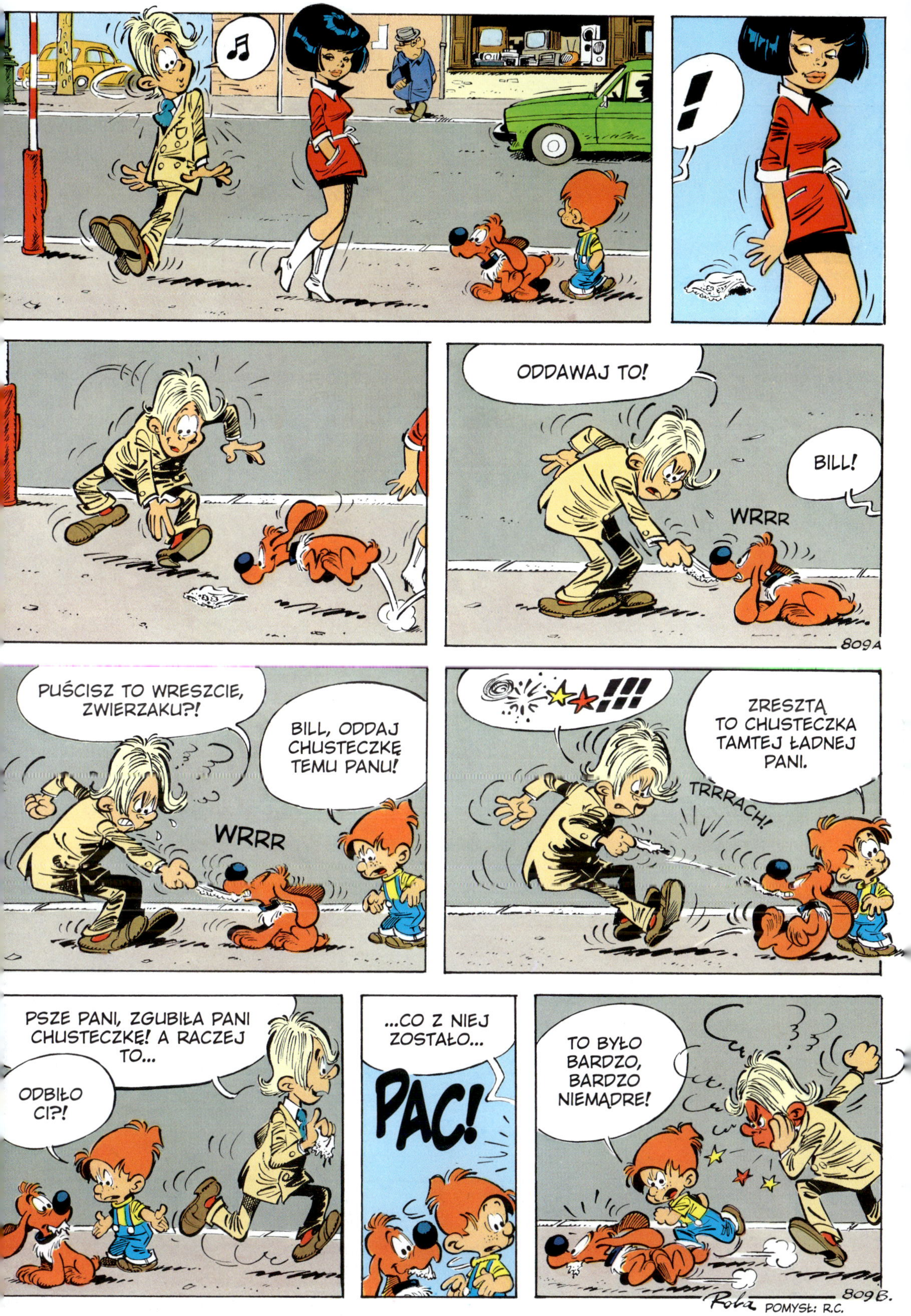
!
ODDAWAJ TO!
BILL!
WRRR
809A
PUŚCISZ TO WRESZCIE, ZWIERZAKU?!
BILL, ODDAJ CHUSTECZKĘ TEMU PANU!
WRRR
!!!
ZRESZTĄ TO CHUSTECZKA TAMTEJ ŁADNEJ PANI.
TRRRACH!
PSZE PANI, ZGUBIŁA PANI CHUSTECZKĘ! A RACZEJ TO...
ODBIŁO CI?!
...CO Z NIEJ ZOSTAŁO...
PAC!
TO BYŁO BARDZO, BARDZO NIEMĄDRE!
809B.
Roba POMYSŁ: R.C.

POJEMNA SIERŚĆ

ZASADY SĄ PROSTE. JESTEŚ NIEBEZPIECZNYM BANDYTĄ, KTÓRY UCIEKŁ DO LASU. JA ŚCIGAM CIĘ Z MOIM POLICYJNYM PSEM. DAJ MI SWOJĄ CZAPKĘ.
MÓGŁ ZAPYTAĆ MNIE O ZDANIE, ZANIM ZROBIŁ ZE MNIE PSA POLICYJNEGO!
MOJĄ CZAPKĘ? PO CO?
ŻEBY DAĆ JĄ DO POWĄCHANIA BILLOWI. W TEN SPOSÓB ODNAJDZIE TWÓJ TROP.
POSZEDŁEM DO LASU, ŻEBY WĄCHAĆ CZAPKĘ?! NO NIE!
ALBO ZGUBI MOJĄ CZAPKĘ!
IDŹ. ZA PÓŁ GODZINY ZACZNIEMY CIĘ SZUKAĆ.
UWAŻAJ, ŻEBY NIE OBŚLINIŁ MI CZAPKI!
BŁEEE!
NIUCH NIUCH
NIE PODOBA MI SIĘ TA ZABAWA!
811 A
TROCHĘ PÓŹNIEJ....
I CO? ZŁAPAŁEŚ TROP?
MYŚLI, ŻE ŁATWO JEST COŚ WYCZUĆ W WILGOTNEJ TRAWIE?!
JESZCZE PÓŹNIEJ...
POSPIESZ SIĘ, ROBI SIĘ PÓŹNO!
A PSIK!
STAŁO SIĘ! ZŁAPAŁEM KATAR!
CZAS SZYBKO MIJAŁ...
GDZIE ONI SIĘ PODZIEWAJĄ? PEWNIE SIĘ ZGUBILI!
ZARAZ, JEŚLI ONI SIĘ ZGUBILI, TO ZNACZY, ŻE JA TEŻ!!!
TYLKO MI NIE MÓW, ŻE SIĘ ZGUBILIŚMY!
I TO CAŁKOWICIE!
MAMOOO!
ŁUUU!
MAMO!
811 B

BARDZO, BARDZO STARY ŻART

Wkrótce kolejny tom:

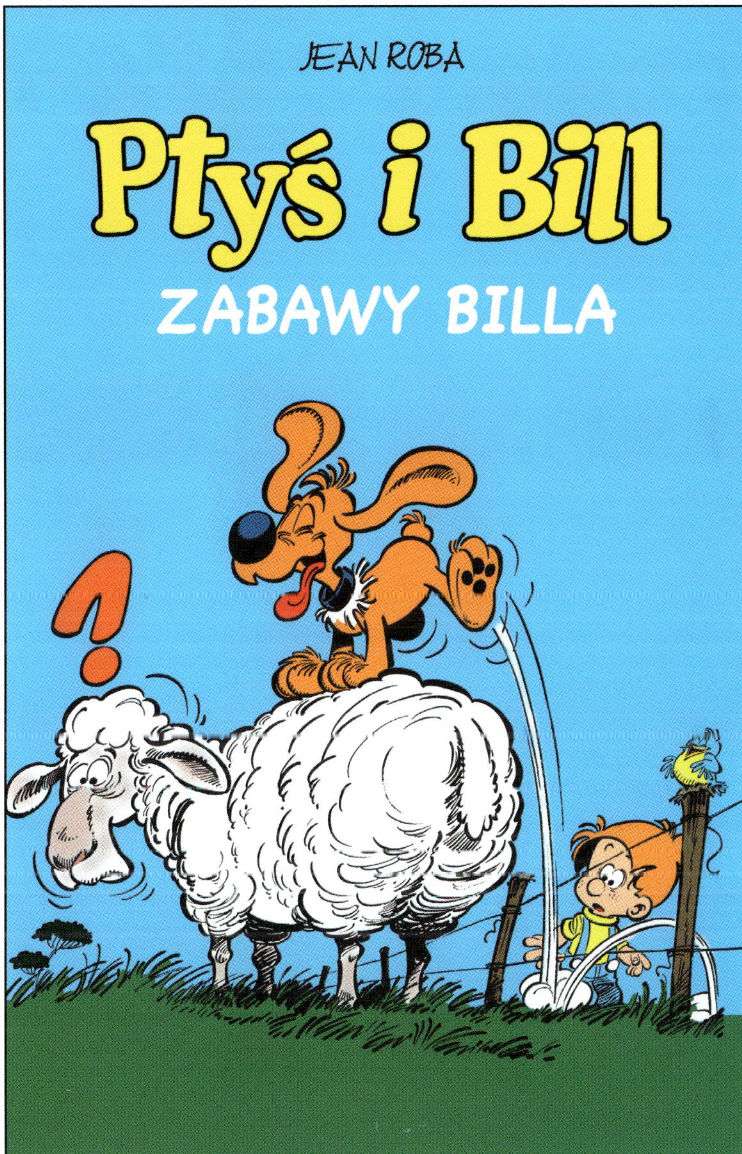

PREMIERA – LUTY 2021

Polecamy także komiksy z kolekcji

Komiksy są

LOU!

Tom 1

Tom 2

Tom 3

STUDIO TAŃCA

Tom 1

Tom 2

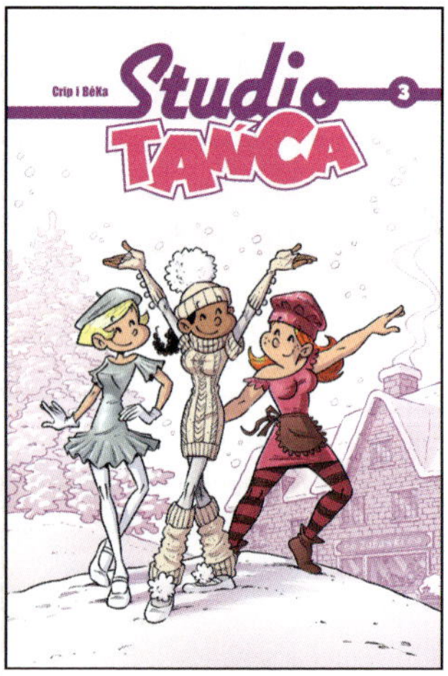

Tom 3

Polecamy także komiksy z kolekcji

Komiksy są

ERNEST I REBEKA

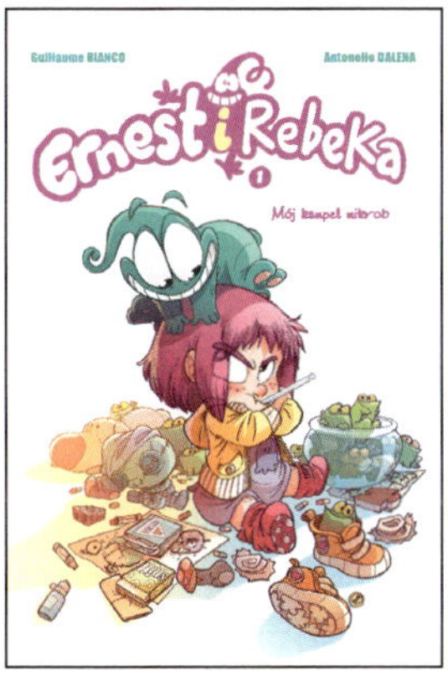

Tom 1

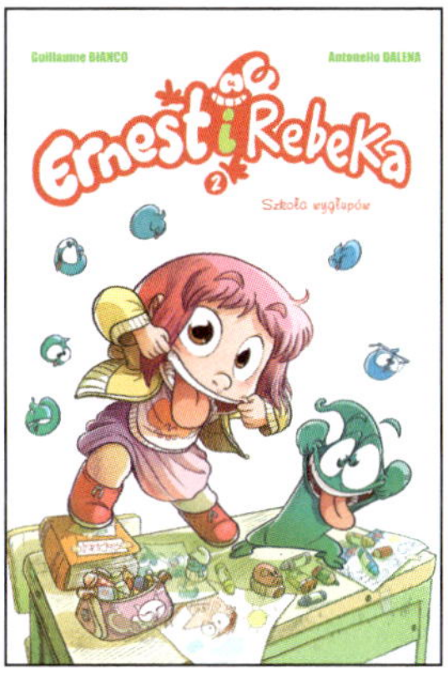

Tom 2

PTYŚ I BILL

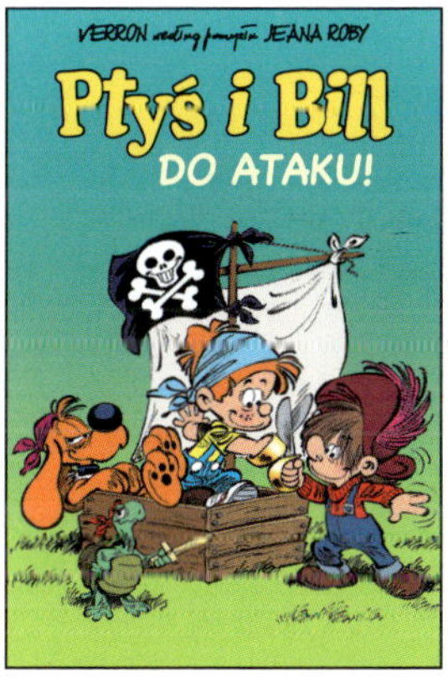

Polecamy także komiksy z kolekcji

Komiksy są

KASIA I JEJ KOT

Tom 1

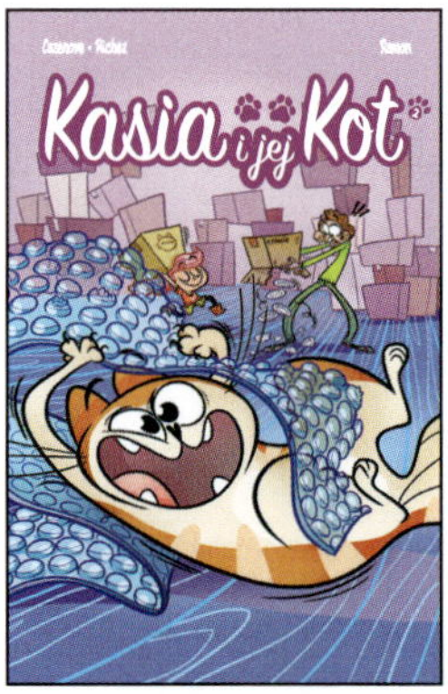

Tom 2

FIBI I JEDNOROŻEC

Tom 1

Tom 2

Tom 3

KAMILA I KONIE

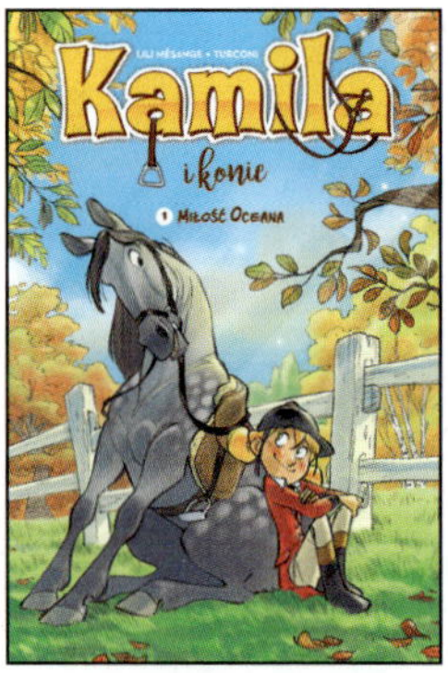

Tom 1

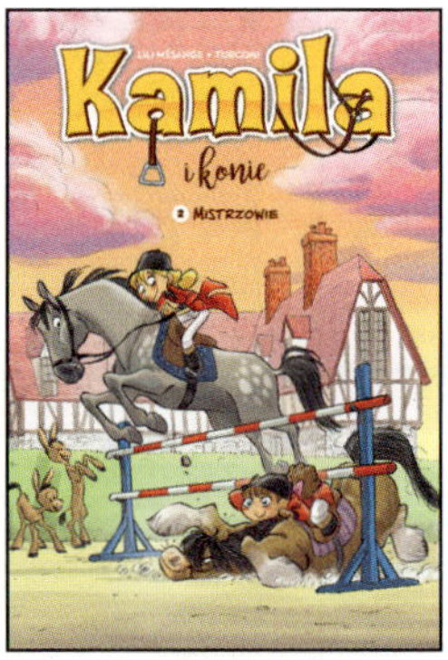

Tom 2

EGMONT.pl www.swiatkomiksu.pl